EMMY GRAYSON

L'héritier de Hawaï

Traduction française de
FRANÇOISE PINTO-MAÏA

AZUR

HARLEQUIN

Collection : Azur

Titre original :
AN HEIR MADE IN HAWAII

HARPERCOLLINS FRANCE
83-85, boulevard Vincent-Auriol, 75646 PARIS CEDEX 13
Service Clients — www.harlequin.fr
ISBN 978-2-2805-1034-9 — ISSN 0993-4448

Édité par HarperCollins France.
Composition et mise en pages Nord Compo.
Imprimé en octobre 2024 par CPI Black Print (Barcelone)
en utilisant 100% d'électricité renouvelable.
Dépôt légal : novembre 2024.

MIXTE
Papier issu de sources responsables
FSC® C159065
FSC www.fsc.org

Pour limiter l'empreinte environnementale de ses livres, HarperCollins France s'engage à n'utiliser que du papier fabriqué à partir de bois provenant de forêts gérées durablement et de manière responsable.

1

Anika s'installa sur sa serviette et contempla les eaux cristallines de la baie d'Hanalei. À regarder les vagues si tranquilles, personne n'aurait pu se douter que, la nuit précédente, une forte tempête avait balayé l'océan. Il est vrai qu'on n'était encore qu'à la fin de novembre. La saison des pluies ne commençait généralement qu'en décembre sur l'archipel d'Hawaï. Quoi qu'il en soit, le spectacle dantesque, auquel elle avait assisté depuis le balcon de sa chambre d'hôtel, l'avait fascinée. Elle revoyait la houle menaçante, les éclairs déchiquetés et le tonnerre formidable qui avait fracassé la nuit…

Les éléments déchaînés reflétaient parfaitement son humeur, analysa-t-elle avec un soupir d'autodérision. Et tout cela à cause d'un sale type nommé Nicholas Lassard !

Quelques heures plus tôt, elle était sortie sur la terrasse de l'hôtel pour s'imprégner du panorama paradisiaque. La vue de l'océan, des palmiers vertigineux et des montagnes l'enchantait. Elle avait beau aimer la Slovénie et la petite ville de Bled, qui était devenue sa terre de cœur, elle comptait profiter pleinement de ce paysage de carte postale.

Une tasse de thé dans une main, un roman dans l'autre, elle avait eu hâte de s'étendre sur l'une des chaises longues de la jetée. Mais, en se détournant pour gagner le ponton, elle avait heurté quelqu'un. Nicholas Lassard en personne !

Dans l'incident, le thé s'était répandu sur sa luxueuse chemise blanche, ce dont elle s'était secrètement réjouie. Il n'avait pas bronché – même si sa tenue coûtait probablement plus cher que ce qu'Anika facturait pour quelques nuitées à l'auberge de Bled. Il avait seulement ébauché ce sourire flegmatique typiquement écossais qui le caractérisait, avant de déclarer que c'était bon de la revoir. Quand elle lui avait demandé ce qu'il faisait là, il avait répondu avec un calme olympien qu'il assistait au congrès international de l'hôtellerie.

En repensant à son expression arrogante, Anika sentit son irritation se muer en une bouillante colère. Trois semaines plus tôt, il était venu à l'auberge Zvonček, avec une nouvelle offre pour racheter son établissement – deux fois supérieure à la précédente ! En remarquant la brochure du congrès sur son bureau, il avait voulu savoir si elle comptait s'y rendre.

L'avait-il suivie jusqu'à Hawaï ? Était-il si déterminé à mettre la main sur son auberge qu'il était prêt à faire plus de huit mille kilomètres pour tenter de la convaincre ?

Eh bien, oui !

Elle l'avait sous-estimé quand il était venu à Bled un an et demi plus tôt, afin de lancer la construction de l'Hôtel Lassard. Un palace avec spa, restaurant et bar sur le toit-terrasse. Un édifice élégant, glamour, terriblement cher... et situé seulement à quelques centaines de mètres de la modeste auberge qu'elle tenait et qui était dans sa famille depuis plus de cent ans.

À l'époque, elle avait reçu la visite d'une représentante de la société Lassard, se rappela Anika. Celle-ci lui avait remis un dossier sur le futur hôtel. « Au titre des relations communautaires », avait déclaré la jeune femme sophistiquée avec un sourire glacial.

Anika avait évidemment vu d'un mauvais œil l'implantation d'un tel hôtel si près du sien. Mais la clientèle qui séjournerait là ne serait pas celle qui fréquentait son auberge, se répétait-elle pour se rassurer. Ces gens-là voulaient des baignoires en marbre et des lustres en cristal, pas des cheminées à l'ancienne et des couettes faites main.

Elle avait rencontré Nicholas Lassard une semaine plus tard, lors d'un goûter organisé par l'office du tourisme de Bled. Avec ses cheveux bruns qui semblaient coiffés par le vent et sa fossette sur la joue quand il souriait, il avait conquis la moitié des commerçantes de la ville avant même qu'elles aient pris place.

Irena, la plus âgée, avait murmuré que son beau costume anthracite, qui épousait parfaitement ses larges épaules et sa taille mince, venait très certainement d'un tailleur londonien.

— Et regarde comme il moule bien ses fesses !

Le souvenir de cette conversation amena un demi-sourire sur les lèvres d'Anika. Il est vrai que Nicholas Lassard était très bel homme. Dommage que son âme avide soit si laide !

Sa richesse et son charme la rendaient méfiante. Le fait qu'il n'ait pas daigné venir en personne lui annoncer la construction de son hôtel en disait long aussi. Il préférait courir les mondanités et laisser à ses subalternes le soin de traiter avec des petites gens comme elle.

Avant même qu'il ait présenté son projet de palace et les retombées bénéfiques que la communauté de Bled pouvait en attendre, Anika avait su que sa première impression était la bonne : Nicholas Lassard était un don Juan gâté qui s'amusait à jouer à l'hôtelier.

Il savait aussi se montrer impitoyable quand il désirait quelque chose. Elle l'avait découvert à ses dépens lors du printemps précédent, quand il était entré dans son auberge sans crier gare et avait demandé à lui parler en privé. Son style vestimentaire et son snobisme lui avaient porté sur les nerfs, se souvint-elle. Le tapis usé de son bureau et les pots de perce-neige sur le rebord de la fenêtre n'en avaient paru que plus misérables. Puis elle était restée sous le choc quand il avait posé devant elle un dossier en cuir marqué du logo des Hôtels Lassard. Celui-ci contenait une offre d'achat de son auberge. De cinquante mille euros supérieure à la valeur de l'établissement !

Profitant de sa stupéfaction, il avait pris la parole, et ses mots avaient coulé, à la fois doux et puissants, grisants comme une eau-de-vie. Il s'était dit satisfait de l'emplacement de son hôtel qui aurait vue sur le lac de Bled et son île, et sur le château situé sur la rive nord-ouest. Mais ce qu'il n'avait pas, c'était un accès direct au lac.

Il acceptait cette situation, avait-il dit avec l'humilité des gens privilégiés. Jusqu'à ce qu'il fasse une excursion sur le lac et repère l'auberge. Il avait même employé le mot slovène pour désigner les bateaux en forme de gondoles qui transportaient les touristes : *pletna*. Et il avait souri, fier sans doute de l'avoir prononcé correctement.

Son auberge, avait-il expliqué, pourrait être une extension parfaite de l'Hôtel Lassard. Grâce à une vaste rénovation, l'intégrité du bâtiment serait conservée, mais on y ajouterait la touche de luxe et de glamour que sa clientèle attendait du label Lassard. Cela donnerait aussi aux clients un accès à la petite plage en été ainsi qu'à la jetée pour le mouillage des bateaux.

Puis il avait prononcé ces paroles moralisatrices qu'Anika ne pouvait évoquer encore aujourd'hui sans serrer les dents. « Je sais que l'auberge est en difficulté. Je peux arranger ça. »

— La réponse est non, avait-elle dit avec fermeté.

Il avait écarquillé les yeux en s'adossant contre sa chaise. Celle-ci avait grincé de façon inquiétante, et Anika avait souhaité que le vieux siège se brise pour envoyer son occupant à terre.

Comme elle soulignait que l'auberge n'était pas à vendre, il avait ajouté cent mille euros à son offre. Et, l'espace d'une seconde terrible, elle avait été tentée. Oui, reconnut-elle, mortifiée. Car l'auberge vieillissait. Les matelas devaient être remplacés, une fenêtre avait besoin d'être réparée, et les vieilles chaudières étaient sur le point de lâcher. Des responsabilités qui avaient pesé de plus en plus sur ses épaules, quand sa grand-mère, Marija, était tombée malade. Anika avait été si inquiète pour la vieille dame que, certaines nuits, elle était restée éveillée dans le noir, à se demander avec angoisse comment surmonter tous ces problèmes.

Accepter l'offre plus que généreuse de Nicholas Lassard aurait été simple. Mais comment pourrait-elle se séparer du petit hôtel rustique qui était dans sa famille depuis plus d'un siècle ? Elle aimait déambuler dans les pièces où sa mère, Danica, avait grandi, s'asseoir comme elle sur la banquette de la fenêtre pour lire, courir pieds nus dans le jardin au printemps, quand les perce-neige, qui donnaient son nom à l'auberge, formaient comme un manteau blanc. À la mort de sa mère, Anika avait eu désespérément besoin de découvrir ce lieu chargé de souvenirs. Elle avait alors quitté les États-Unis où elle était née pour aller vivre avec la seule famille qu'il lui restait : Marija.

Mais il ne s'agissait pas seulement de son histoire personnelle et de son héritage. Les clients qui revenaient chaque année considéraient l'auberge Zvonček comme leur autre chez-soi. Il n'était donc pas question de laisser un homme d'affaires arrogant la transformer en une villégiature luxueuse que sa clientèle habituelle n'aurait pas les moyens de s'offrir. Tout ça parce que « monsieur » n'appréciait pas de n'avoir qu'une vue sur le lac !

Elle avait refusé cette nouvelle offre. Le sourire de Nicholas Lassard avait disparu, et elle avait eu un aperçu de la personnalité qu'il dissimulait derrière son sourire aimable : celle d'un homme pugnace, d'une intelligence aiguë, qui n'aimait pas se voir refuser ce qu'il convoitait.

Alors, elle n'allait pas, en plus, le laisser gâcher son séjour à Hawaï, se dit-elle en revenant au présent. Elle était là pour le congrès de l'hôtellerie et espérait glaner des idées qui lui feraient gagner de nouveaux clients. Mais elle gardait aussi en tête le conseil que Marija lui avait donné peu de temps avant de mourir.

— Va t'amuser, avait-elle dit en lui remettant une enveloppe contenant un billet d'avion et une réservation pour le congrès auquel elles avaient rêvé d'assister ensemble.

Anika avait protesté, arguant qu'il valait mieux investir cet argent dans l'auberge. Mais sa grand-mère lui avait pressé la main.

— Fais-le pour moi, ma petite-fille. Je serai plus heureuse de savoir que tu as enfin l'occasion de profiter un peu de la vie.

Anika exhala un soupir douloureux à ce souvenir. Elle regarda la jetée qui s'avançait au-dessus des eaux turquoise. À l'extrémité, une marquise abritait des tables de pique-nique. Il y avait aussi des échelles d'accès pour ceux qui désiraient nager à cet endroit. Mais, à 8 heures du matin, la jetée était déserte. Des voiliers et des bateaux de pêche voguaient au large, tandis que des touristes en kayak pagayaient dans la baie et à l'embouchure de la rivière Hanalei. À l'arrière-plan, les montagnes se dressaient, hautes et déchiquetées, au milieu d'une nature luxuriante et sauvage.

Anika pensa avec nostalgie aux paysages de Slovénie, à l'air piquant de cette fin d'automne, à la neige qui saupoudrait déjà la ville et le lac. En même temps, Hawaï ravivait en elle une envie de voyages qu'elle n'avait pas ressentie depuis des années. La veille, en sortant de l'aéroport de Kauai dans la chaleur tropicale, elle avait été saisie d'une joie insouciante.

Déterminée à se relaxer avant la séance d'ouverture du congrès, elle s'allongea sur sa serviette. Lentement, sa tension s'évanouit, et elle se laissa dériver vers de douces rêveries. Oubliés les horaires et les factures en retard ! Pour une fois, son esprit était débarrassé des soucis, et elle ne songeait qu'à l'endroit où elle se trouvait.

Le paradis, se dit-elle en exhalant un soupir de bien-être.

— Ce serait dommage de brûler une aussi belle peau.

Anika se figea en entendant cette voix profonde teintée

d'accent résonner au-dessus d'elle. Sa tension reparut aussitôt, et son cœur manqua un battement.

Uniquement parce que ce type est agaçant au possible, se dit-elle pour justifier sa réaction. En plus, son ombre lui bloquait la lumière du soleil ! À contrecœur, Anika rouvrit les yeux.

— J'avais tort, commenta-t-elle d'un ton emphatique.

— À quel sujet ?

Nicholas la dominait de toute sa hauteur, et son sourire étincelant mettait en valeur son hâle. Signe qu'il avait voyagé dans des pays ensoleillés récemment. Probablement pour faire la fête !

— Je ne suis pas au paradis, mais en enfer, répliqua-t-elle.

Il rejeta la tête en arrière et lâcha un rire sonore. Se redressant sur les coudes, Anika essaya de contenir la fureur qui s'emparait d'elle. Normalement, il ne lui inspirait qu'une irritation modérée, et parfois, un élan de colère légitime. Mais en cet instant, alors qu'elle venait d'accéder à un état de relaxation bienfaisant, elle avait une furieuse envie de le pousser et de le voir tomber à l'eau !

— Il fera assez chaud cet après-midi pour qu'on se croie en enfer, répondit-il.

— Que faites-vous ici ?

Il arqua un sourcil et s'accroupit auprès d'elle.

— La même chose que vous. Envie d'être seul un moment.

— Le mot *seul* signifie « sans personne autour de soi ».

Il balaya la baie d'un regard détaché.

— Hmm... J'ai dû manquer le panneau indiquant qu'il s'agissait d'une jetée privée.

Tout en parlant, il ôta ses lunettes de soleil, et Anika sentit un autre genre de chaleur l'envahir, si sournoise et si imprévisible celle-là qu'elle en eut le souffle coupé. Jamais elle n'avait eu une telle réaction en sa présence. Était-ce à cause de sa proximité ? De son parfum aux essences boisées qui dérivait vers elle ?

Ou parce que tu n'as pas eu de rendez-vous galants depuis une éternité, lui rappela une voix intérieure.

Se raccrochant à cette excuse, elle darda sur lui un regard hostile. Il s'en amusa, et ses yeux d'un bleu profond n'en parurent que plus fascinants.

Il est l'ennemi. Cesse de fantasmer !

— Arrêtez votre jeu minable, Nick. Pourquoi êtes-vous là ?

— J'adore quand vous retrouvez votre franc-parler américain, répondit-il.

— Et moi, quand vous n'êtes pas dans les parages !

— Vous me blessez, Anika Pierce. Nous ne sommes pas seulement des collègues, mais des voisins. Ne pourrions-nous pas être polis l'un envers l'autre ?

— Oui, nous sommes voisins, malheureusement. Mais collègues, cela impliquerait que nous travaillions ensemble. C'est faux. Je trime, pendant vous vous affichez dans les magazines en récoltant l'argent du travail de vos employés. Et, comme ça ne vous suffit pas, vous cherchez à prendre le contrôle de petites structures comme la mienne pour faire grossir votre trésorerie !

Il sourit franchement cette fois. Troublée, Anika sentit la chaleur s'intensifier au fond d'elle-même. Oui, l'homme était beau, mais c'était aussi un serpent !

— Comme c'est drôle ! Nous devrions parler davantage.

— Je suis en train de vous insulter, pas de faire la conversation.

— C'est pourtant l'une des conversations les plus réjouissantes que j'ai eues depuis des années.

— Vous m'avez suivie jusqu'ici ? demanda-t-elle.

— Non. J'ai été invité en avril dernier à prendre la parole à l'une des tables rondes. Ma participation a été validée il y a des mois.

— Pourquoi ne pas m'en avoir parlé, dans mon bureau, quand je vous ai dit que j'allais à ce congrès ?

— Et risquer que vous annuliez ? Je n'allais pas faire ça. Pas quand cela pourrait être justement l'occasion de nous rapprocher.

Un signal d'alarme retentit dans l'esprit d'Anika.

— Il n'y a pas de « nous », Nick. Il n'y en aura jamais !

Il ne se départit pas de son sourire, mais son regard se fit dangereusement aigu. Il incarnait en tout point l'héritier de l'empire paternel, qui ne reculait devant rien pour obtenir ce qu'il voulait, pensa-t-elle avec mépris.

La deuxième fois qu'il était venu à l'auberge, avec une offre encore plus mirobolante, il s'était comporté comme s'il était déjà le maître des lieux. Alors qu'elle lui ordonnait de sortir, il avait énuméré toutes les réparations à faire, en précisant à chaque fois leur coût estimé. Anika s'était sentie humiliée, et cela avait renforcé sa détermination : Nicholas Lassard était la dernière personne au monde à qui elle céderait son bien ! Qu'il ait eu l'audace de fouiller sa situation financière l'avait mise hors d'elle. Elle avait déchiré le contrat sous son nez.

Nullement découragé, il était revenu à la charge. À maintes reprises au cours de l'été, et chaque fois avec une proposition plus faramineuse que la précédente ! Mais elle avait tenu bon.

— Pourquoi résistez-vous ? demanda-t-il à présent. Mon offre ne tend qu'à vous aider.

— À me ruiner, vous voulez dire ! répliqua-t-elle, regrettant qu'il soit si calme alors qu'elle bouillait d'indignation. Pendant que vous courez après les femmes à travers le monde !

— Je vous manque, Pierce ?

Anika se figea, le cœur battant, tandis qu'il tendait la main pour écarter une mèche qui s'égarait sur son visage. En même temps, elle vit une expression étrange traverser ses traits. L'instant d'après, cette émotion avait disparu, et elle se demanda si elle ne l'avait pas imaginée.

Une réaction purement physique, se répéta-t-elle. Qu'elle le veuille ou non, Nicholas Lassard était séduisant. Elle n'était sortie avec aucun homme depuis près de deux ans, et avant cela les rares fois où Zachary et elle avaient fait l'amour, cela n'avait guère été satisfaisant.

Ne commence pas à penser au sexe. Pas en présence de ce type !

— Ce qui me manque, c'est la solitude et la paix que j'apprécie quand vous n'êtes pas là. Maintenant, partez ! Laissez-moi profiter de la matinée. Et, une fois pour toutes, retirez vos mains ridiculement manucurées de ma propriété ! lança-t-elle vertement.

Avant qu'elle ait eu le temps de réagir, il lui enlaça les doigts. Leurs mains se trouvèrent plaquées l'une contre l'autre en une caresse incroyablement intime. Anika était si stupéfaite qu'il lui fallut un moment avant de constater qu'il avait la paume calleuse.

— Je n'ai jamais eu de manucure.

Sa belle voix aux intonations rauques l'enveloppait, comme l'air chaud qui commençait à s'installer. Elle devait absolument se dégager. Mais les doigts de Nicholas se mirent à parcourir lentement les lignes de sa main, avant de dévier vers son poignet et de s'immobiliser sur son pouls, qui battait vite. Elle était incapable de bouger. Au moment où il relevait les yeux vers elle, elle ravala son souffle en captant quelque chose qu'elle n'aurait jamais cru lire dans son regard.

Du désir !

Brusquement, le souvenir d'une photo parue récemment dans un tabloïd lui revint à l'esprit : une photo de couple où il regardait sa partenaire - devenue une ex depuis - avec cette même intensité aiguë, un bras passé autour de sa taille. Et la jeune femme lui décochait un sourire ébloui.

Retrouvant toute sa lucidité, Anika retira sa main. Nicholas Lassard était un homme à femmes, et elle n'avait pas l'intention d'être la prochaine sur la liste de ses conquêtes !

Elle observa pensivement les palmiers qui oscillaient sous la brise. Elle devait prendre une décision. Vendre la sauverait financièrement, mais ce serait dire adieu à son héritage familial et le voir devenir la vitrine bling-bling d'un hôtel de luxe. L'âme de l'auberge Zvonček disparaîtrait, pensa Anika, déchirée.

Elle coula un regard vers lui. Il portait un T-shirt noir et un pantalon en lin. Même à la plage, sa garde-robe affichait sa richesse !

— Vous gérez un établissement où la nuitée coûte plus de mille dollars et où le room service est disponible jour et nuit, déclara-t-elle. Moi, je travaille dans une auberge à l'ancienne, où les chambres ferment encore avec de vieilles clés. Nous évoluons dans des milieux très différents. Tenez-vous-en au vôtre, et tout le monde sera heureux.

Contre toute attente, il posa une main sur son mollet. Anika sursauta violemment à ce contact.

— Cela vous rend plus heureuse d'être loin de moi, Anika ? Vous me blessez.

Irritée, elle se leva si vivement qu'elle faillit le faire tomber à la renverse. Puis, lui tournant le dos, elle passa sa robe par-dessus sa tête. Un son étranglé lui fit jeter un coup d'œil en arrière.

Nicholas promenait sur son corps un regard médusé.

— Que faites-vous ? demanda-t-il.

— Je vais me baigner.

— Ne soyez pas stupide. Les vagues sont fortes en cette saison.

Quel macho ! Mais il lui était plus facile d'ignorer la lueur possessive dans ses yeux quand il se comportait ainsi, reconnut-elle.

— Une touriste intelligente peut avoir le bon réflexe de s'informer auprès des sauveteurs postés sur la plage. La baignade est sans danger aujourd'hui.

Là-dessus, Anika gagna le bord de la jetée, la tête haute, et plongea dans l'eau cristalline.

2

Nicholas accepta le stylo que la réceptionniste lui tendait. Elle posait sur lui un regard ouvertement approbateur, et le frôlement de ses doigts contre les siens n'avait rien de fortuit.

— Nous avons juste besoin de votre signature ici et ici, déclara-t-elle.

— Pour vous assurer que je ne poursuivrais pas votre société en justice au cas où une tortue me dévorerait ?

La jolie rousse se mit à rire.

— À ce jour, nous n'avons eu aucune attaque. Avez-vous déjà nagé parmi les tortues, monsieur Lassard ?

— Jamais.

Le sourire de la jeune femme se fit plus professionnel.

— Alors, vous allez vous régaler. La saison de la nidification s'étend de mai à septembre, mais nous avons beaucoup de clients qui les voient aussi en hiver.

— J'ai hâte de participer à cette excursion, répondit-il aimablement.

— Maman, tu crois qu'on verra un dauphin ?

Jetant un coup d'œil derrière lui, Nicholas vit un petit garçon aux cheveux blond-roux qui tirait la manche de sa mère.

— Je l'espère, répondit celle-ci en souriant.

— Ou peut-être un monstre marin ?

Quelque chose dans la petite figure pleine d'espoir de l'enfant frappa Nicholas en plein cœur. L'espace d'un moment, il revit David. Il avait eu ce même sourire joyeux dans son visage parsemé de taches de rousseur, et ses cheveux tirant sur le roux lui tombaient toujours dans les yeux. Une vie fauchée en une seconde...

Il crispa les doigts autour du stylo. Après quelques années de thérapie, Nicholas avait fini par admettre que le conducteur avait été en tort. Cela avait amoindri sa culpabilité, sans toutefois l'ôter totalement.

La mère et l'enfant franchirent la porte de l'hôtel, et le babillage du petit garçon s'estompa. Nicholas sentit sa tension se relâcher quelque peu. Il termina d'apposer sa signature sur le formulaire.

— Merci, monsieur Lassard, dit la réceptionniste avant de désigner un coin du hall aménagé en salon. Veuillez prendre place. Nous attendons une autre personne pour cette excursion. Dès qu'elle sera là, je lancerai la vidéo sur la sécurité.

Il alla se camper devant les baies vitrées qui donnaient sur le port. Il était déjà venu à Hawaï avec ses parents, se souvint-il. Sur l'île de Maui, au sud de l'archipel. Après la mort de David, les vacances avaient été les seuls moments où les Lassard avaient été presque heureux. Ils avaient voyagé partout dans le monde, fuyant brièvement le chagrin. Mais, dès qu'ils rentraient dans leur manoir de Londres, tout changeait. Son père se retirait dans son bureau ou partait en voyage d'affaires. Sa mère gagnait son lit et prenait ses comprimés pour tâcher d'apaiser sa douleur. Ils ne parlaient jamais de David. D'ailleurs, ils se parlaient à peine, sauf pendant les vacances.

Les mains dans les poches, Nicholas suivit du regard une famille qui se promenait sur la jetée. L'été précédent avait marqué le vingtième anniversaire de la disparition de David. L'atmosphère familiale s'était améliorée au fil du temps, reconnut-il. Ses parents reprenaient lentement goût à la vie. De son côté, au moment de se choisir une carrière, il avait voulu intégrer la société des Hôtels Lassard. Son père avait accepté, à la condition qu'il gravisse tous les échelons. Nicholas avait donc débuté au bas de l'échelle, avec l'équipe de maintenance dans l'établissement emblématique de Londres, tout en poursuivant ses études de management. Ainsi, peu à peu, il avait accédé au poste qu'il occupait à présent, celui de directeur commercial chargé du développement de la prestigieuse chaîne hôtelière.

Dommage que son plan pour réaliser l'expansion de l'hôtel de Bled ait tourné au fiasco, songea-t-il. Il n'avait jamais pensé qu'Anika Pierce lui opposerait une telle résistance.

Elle avait attiré son attention lorsqu'il avait parlé devant les entrepreneurs et les commerçants de la région, presque dix-huit mois plus tôt. Contrairement à la majorité des participants qui avaient accueilli sa présentation avec enthousiasme, elle était restée froide. Elle avait posé des questions pertinentes qui avaient accru son intérêt. Son apparence avait été très professionnelle : cheveux noirs remontés en chignon, pantalon noir et chemisier bouffant orné d'une cravate nouée. Mais son attitude glaciale l'avait irrité. Il avait pourtant envoyé ses collaborateurs pour rassurer les propriétaires d'hôtels de la région : il avait l'intention de travailler avec eux et non contre eux. Quoi qu'il en soit, il était habitué à un autre genre de réponse de la part des femmes.

Ses affaires l'avaient ensuite conduit à Londres, à New York et à Bilbao. En revenant en Slovénie lors du printemps précédent, il avait emprunté la longue route du lac qui passait devant le château. Il s'était aussi offert une excursion à bord d'une des gondoles typiques, pour mieux connaître les activités mises à la disposition des clients.

Au cours de cette promenade, alors que le bateau contournait l'extrémité sud de la petite île du lac de Bled, il avait levé les yeux vers l'Hôtel Lassard dont la partie supérieure émergeait au-dessus de la cime des arbres. C'est à ce moment-là qu'il avait vu l'auberge Zvonček sur la rive. Son charme désuet l'avait frappé, et des souvenirs lui étaient revenus à l'esprit : des images de vacances sur les plages d'Angleterre et d'Irlande avec David, au temps du bonheur. Brusquement, il avait eu une vision très nette : l'hôtel principal à l'est et, en contrebas, un manoir exclusif réservé aux clients désirant un cadre plus intime au bord du lac. La jetée pourrait être refaite pour y aménager une terrasse et un quai pour les bateaux. Le luxe et la beauté naturelle du site réunis en un même projet !

Dès lors, il n'avait pensé qu'à acquérir cette auberge. De retour dans sa voiture, il avait repris la route, bifurquant à la pancarte indiquant l'auberge Zvonček. Le panneau de bois orné d'un perce-neige était à moitié effacé. En dépit de cet indice, les abords lui avaient fait bonne impression. En remontant l'allée, il n'avait pu s'empêcher d'admirer les perce-neige d'un blanc éblouissant plantés de chaque côté jusqu'à l'entrée.

La maison elle-même l'avait surpris. Avec ses trois étages, elle n'avait pas le style des chalets de la région et rappelait davantage l'architecture des villas américaines des Hamptons ou de Martha's Vineyard. Avec sa tour surmontée d'un toit conique et la galerie ornée de colonnes sculptées qui courait le long de la façade, l'ensemble était pittoresque.

Peut-être autrefois, s'était-il ravisé. Car la couleur des murs avait passé jusqu'à devenir grise, le toit de la galerie s'était affaissé, et des bardeaux manquaient sur la toiture. La bâtisse avait néanmoins du potentiel. Il avait accompli des prouesses à partir de moins que ça.

Il avait prévu qu'Anika Pierce serait plus difficile à convaincre que la plupart des propriétaires. Mais il ne s'était pas attendu à un refus aussi catégorique. Pas quand son auberge commençait à s'effondrer.

Nicholas avait envisagé d'en discuter avec Marija Novack, la grand-mère d'Anika. Il l'avait rencontrée à quelques reprises, notamment à la foire d'hiver, où elle vendait des gâteaux traditionnels. À part ses yeux d'un brun doré, il n'avait vu aucune ressemblance avec sa petite-fille dans son visage bienveillant. En revanche, il avait noté son extrême fatigue. S'il savait se montrer déterminé et intransigeant lorsque la situation l'exigeait, il n'était pas cruel au point de harceler une vieille dame fragile.

Ses soupçons s'étaient confirmés au cours de l'été. La santé de Marija avait rapidement décliné. Par respect, il s'était tenu à l'écart et avait envoyé des fleurs à l'occasion des funérailles. Il avait voulu laisser Anika tranquille. Ne savait-il pas mieux que quiconque combien il était important de faire son deuil ?

Nicholas se détourna de la vue et gagna la table où étaient posés des fruits, du café et des *malasadas*, ces beignets moelleux qui composaient le petit déjeuner à Hawaï. Il se versa une tasse de café et respira son arôme subtil de mélasse.

Il préférait se concentrer là-dessus plutôt que sur le passé, se dit-il. Surtout quand le présent et l'avenir demandaient toute son attention – et cela valait aussi pour une certaine propriétaire d'auberge bougrement têtue !

Il lui avait laissé presque trois mois après le décès de sa grand-mère. Mais, comme la date d'ouverture de l'Hôtel Lassard approchait, il avait décidé de la relancer. En apprenant qu'une récente tempête avait endommagé le toit d'une des chambres de l'auberge, il s'était présenté avec une offre encore plus élevée et la possibilité pour Anika de devenir directrice générale, une fois son bien annexé. Une proposition qu'il jugeait plus que généreuse.

De toute évidence, elle n'avait pas partagé ce point de vue. Elle avait déchiré ce nouveau contrat en longues bandelettes qu'elle avait ensuite jetées au feu.

Cela l'avait mis en colère. Il n'était pas habitué à ce qu'on lui dise non. Et ça n'avait rien à voir avec une attitude d'enfant gâté. Il s'agissait d'affaires. L'achat de l'auberge était non seulement une bonne stratégie commerciale, mais aussi la meilleure solution pour Anika avant que sa bicoque lui tombe sur la tête !

En dépit de son irritation, Nicholas dut reconnaître qu'il avait été troublé en voyant cette femme fière lui faire face, bras croisés, le sourcil arqué et un sourire suffisant aux lèvres.

Du désir ?

Déstabilisé, il l'avait quittée sur un « Vous et moi, ce n'est pas fini ». Une remarque bien peu subtile, il en convenait.

Il aimait les femmes. Leur beauté, leur compagnie, leur lit. Il n'était pas de ces hommes dont la règle était de conquérir une femme différente chaque soir ou, pire, d'avoir des histoires multiples en même temps. Pour autant, il n'était pas un saint et n'avait aucune intention de se marier et d'avoir des enfants. Surtout après avoir vu la désolation que la mort de David avait infligée au mariage de ses parents. Même si leur couple avait tenu, Nicholas n'oubliait pas ces années sombres, quand sa mère errait dans la maison, abrutie par les médicaments, pendant que son père parcourait le monde, ignorant sa femme et son fils survivant. S'il ajoutait à cela son propre sentiment de culpabilité, il avait toutes les raisons de vouloir rester célibataire.

Pour en revenir à Anika Pierce, il savait que la partie n'était pas gagnée. C'était une jeune femme complexe qui cachait sa part d'ombre sous un caractère passionné et, à en juger par leur entrevue de la veille, il risquait fort de se laisser piéger.

Il avait été stupéfait quand elle avait enlevé sa robe. Sous les chemises bouffantes et les pantalons larges qu'elle portait habituellement en Slovénie, il y avait un corps époustouflant, magnifiquement mis en valeur par un bikini orange. En découvrant sa silhouette sculpturale, sa taille fine et la douce rondeur de ses cuisses, Nicholas avait été saisi. Quand elle s'était tournée vers lui, ses longs cheveux noirs couvrant ses épaules nues, ses yeux brun-doré jetant des étincelles, il avait su qu'il était en difficulté. Il avait eu envie de toucher sa peau pâle, de poser les mains sur ses hanches et de l'attirer contre lui pour découvrir toute la passion qu'elle dissimulait sous son apparence froide.

Comme pour le tourmenter davantage, sa voix retentit derrière lui, basse et mélodieuse. Surpris, il se détourna et la vit qui parlait avec la réceptionniste.

— Je me suis inscrite pour la plongée au milieu des tortues.

En cet instant, Nicholas se sentit horriblement jaloux de l'employée de l'hôtel. Anika lui souriait comme si elle retrouvait une amie perdue de vue. Quand elle ramena une mèche derrière son oreille, il put lire l'excitation qui animait son visage.

— Le bateau partira dans une quinzaine de minutes. Si vous voulez bien signer le formulaire, puis vous installer là-bas… Un autre client va regarder la vidéo sur la sécurité.

Anika pivota, et son sourire disparut. Nicholas lui adressa une moue ironique, en levant sa tasse comme pour lui porter un toast. Elle lui tourna le dos et se concentra sur le formulaire.

— Anika, je ne savais pas que vous aviez l'intention de faire cette sortie en mer, dit-il en la voyant s'avancer.

— Vous me suivez partout, c'est ça ? répliqua-t-elle en croisant les bras.

Le regard de Nicholas glissa vers le galbe de ses seins dans le décolleté de son débardeur rouge. Avec ses cheveux libres et son short en jean qui attirait le regard sur ses longues jambes, elle était splendide.

— C'est impoli de fixer les gens, dit-elle avec un léger tremblement dans la voix.

Nicholas prit une gorgée de café pour cacher sa satisfaction. Ainsi, elle percevait aussi l'attirance qui jaillissait entre eux.

— Désolé de vous avoir regardée avec insistance.

Elle inclina la tête de côté.

— Pourquoi ai-je l'impression qu'il y a un « mais » ?

Il esquissa un sourire.

— Parce qu'il y en a un. Mais je ne vais pas m'excuser d'aimer ce que je vois, voilà ce que je voulais dire.

Le rose sur ses joues vira à l'écarlate.

— Arrêtez. Je ne suis pas une de vos conquêtes !

— Je ne vous ai jamais considérée comme un trophée à remporter.

— Ce que vous voulez, c'est mon auberge.

Sous son air de bravade, il devina la trace d'une émotion qu'il n'avait pas remarquée jusque-là. La peur. De fait, elle commença à s'agiter, regardant en tous sens, avant de relever brusquement la tête et de rejeter les épaules en arrière.

— Qu'y a-t-il ? demanda-t-elle avec hostilité.

— J'essaye simplement de vous comprendre, Anika.

— Rien de plus simple. Je ne vous apprécie pas et je ne vous vendrai pas mon bien. Fin de l'histoire.

— Êtes-vous prêts à regarder la vidéo ?

D'un même mouvement, ils se tournèrent vers la réceptionniste, qui leur souriait depuis son bureau. Son regard naviguait entre eux avec intérêt.

— Oui, répondit Anika.

Et, passant devant lui, elle alla s'asseoir sur la banquette de cuir face au téléviseur. Nicholas hésita un court instant avant de prendre place auprès d'elle.

— Il y a plein d'autres sièges, fit-elle remarquer d'une voix aigre.

— Alors, prenez-en un autre. Celui-ci est suffisamment large pour trois ou quatre personnes et offre le meilleur angle de vue. Je veux être sûr de recevoir toutes les infos nécessaires pour profiter de cette activité.

Elle murmura quelque chose d'inintelligible. Menaçait-elle de le tuer pendant l'excursion ? Cela y ressemblait, en tout cas.

L'employée appuya sur une touche de la télécommande. Après quoi, elle retourna derrière son bureau, non sans leur avoir adressé un autre sourire niais.

— Je pense que la réceptionniste aimerait jouer les entremetteuses, dit-il à voix basse, tandis que des images de tortues envahissaient l'écran.

Anika laissa échapper une exclamation sarcastique.

— L'un de nous devrait la prévenir. Ça a autant de chance d'arriver qu'une boule de neige en enfer.

— Une boule de neige en enfer, reprit-il. Encore un de vos euphémismes typiquement américains, je suppose ?

— Et particulièrement juste, celui-là. Dites-moi, ajouta-t-elle avec un sourire insolent, comment trouvez-vous Hawaï, comparé aux Caraïbes ? C'est bien là-bas que vous vous êtes rendu après notre dernière entrevue ?

— Vous gardez un œil sur moi ?

— Non, mais difficile d'ignorer les commérages des femmes de chambre. Elles ne parlaient que de votre dispute avec votre petite amie dans ce restaurant de plage. Le hashtag explosait même sur Twitter.

Nicholas ébaucha une grimace.

— Ex-petite amie.

Et une erreur monumentale, ajouta-t-il en lui-même. Susan avait confié à un magazine que Nicholas Lassard, le célèbre célibataire, la demanderait en mariage dans l'année. Si elle avait pris la peine de lui parler, ils auraient réglé ce malentendu en privé, et non en s'affichant publiquement sur la plage de son hôtel. Il avait essayé de l'entraîner vers son bureau, mais elle avait insisté pour rester dehors.

Il soupira. Il aurait dû se douter qu'elle s'était arrangée avec un paparazzi pour que cette scène sordide soit photographiée. Si elle n'avait pas obtenu de bague de fiançailles, elle avait eu, en revanche, des clichés la montrant en larmes et les mains jointes, dans sa robe blanche flottant au vent.

Nicholas réprima un frisson de dégoût. Susan adorait les mélodrames et l'idée d'être choyée. Quant à lui, il n'avait pas prévu de jouer les héros toute sa vie pour une femme aussi égocentrique.

— Je suis désolée.

Surpris, il se tourna vers Anika. Elle regardait l'écran, mais son expression n'était plus aussi butée.

— Pour ? demanda-t-il.

— Votre rupture. Qu'elle se fasse à l'amiable ou non, c'est toujours un moment difficile.

— Merci.

Il but une gorgée de café pour masquer son étonnement. Il n'aurait jamais pensé qu'Anika Pierce soit capable d'empathie. Pourtant, elle venait bel et bien d'offrir des mots de réconfort à son ennemi juré.

— Cette séparation-là était pour le mieux.

— Vous n'avez pas perdu l'amour de votre vie ? demanda-t-elle.

— Non, et je n'en aurai jamais. Malheureusement, Susan ne l'a pas compris.

Il perçut qu'elle se raidissait. Il lui coula un regard, juste à temps pour capter l'expression qui traversait ses traits. Cette émotion fugace le mit mal à l'aise, comme s'il venait de la décevoir.

— Eh bien, elle a eu de la chance que vous la détrompiez.

Avant qu'il puisse répondre, elle se leva.

— Bonne excursion.

Là-dessus, elle se dirigea vers la sortie sans un regard en arrière.

3

Anika s'installa sur le filet tendu entre les deux coques du catamaran. Le bateau filait sur l'océan, et l'eau scintillante bouillonnait sous elle.

Ce voyage à Hawaï était tout ce dont elle avait rêvé. Mais, au lieu d'admirer l'horizon parsemé d'îles ou la côte de Na Pali et ses cascades à couper le souffle, elle pensait une fois de plus à Nicholas Lassard.

« J'essaye seulement de vous comprendre... »

En dépit du soleil qui chauffait sa peau, elle fut parcourue d'un frisson. Il l'avait enveloppée d'un regard caressant, empreint de curiosité, comme s'il avait vraiment voulu en apprendre davantage sur elle.

Un élan de panique l'avait saisie. Pas question qu'un homme comme lui s'intéresse à elle ! Non pas qu'elle soit incapable de lui résister, se dit-elle très vite. Mais quelque chose avait changé entre eux. Était-ce arrivé la veille, sur la jetée ? Tout à l'heure, à la réception de l'hôtel ? Et si c'était là depuis le début et qu'ils n'en prenaient conscience que maintenant ?

En tout cas, c'était dangereux. Nicholas Lassard était l'ennemi. Dieu merci, ainsi qu'il l'avait rappelé, il était tout le contraire de ce qu'elle attendait d'un homme. La déception qu'elle avait ressentie quand il avait déclaré qu'il évitait l'amour était un avertissement suffisant pour qu'elle se tienne loin de lui pendant le reste du séjour.

Le filet s'affaissa. Tournant la tête, elle vit un bel homme qui venait s'asseoir près d'elle. Ses cheveux d'un noir de jais étaient coupés ras sur les côtés. Il portait un T-shirt bleu ciel qui moulait sa puissante carrure et un short bleu marine qui révélait ses jambes énergiques.

Il la regarda en souriant, et une légère chaleur naquit au fond d'elle-même, mais ce n'était rien en comparaison de la fièvre qui l'avait envahie quand Nicholas avait promené le regard sur elle.

Déterminée à bannir Nicholas Lassard de ses pensées, elle se redressa sur les coudes.

— L'excursion vous plaît ?

— Oui, répondit-il avec un franc sourire. Mon oncle est le propriétaire de l'agence d'excursions en mer. J'ai pratiquement grandi sur ce bateau.

Il lui tendit la main.

— Adam Kekoa.

Anika se présenta à son tour et lui serra la main. Il la retint dans la sienne un peu plus longtemps que nécessaire, et une lueur approbatrice brilla dans ses yeux étonnamment bleus.

— Premier séjour à Hawaï ?

— Oui, et j'adore.

— Parfait, dit-il avec un brin de fierté. C'est un archipel magnifique. Vous êtes ici pour affaires ou pour le plaisir ?

— Principalement pour affaires. Je suis propriétaire d'une auberge et je viens assister au congrès sur l'hôtellerie.

À cet instant, le voilier ralentit sa course.

— Mesdames et messieurs, nous approchons de notre premier spot de plongée, annonça le capitaine au micro. Nous allons vous fournir palmes et tuba. Nous sommes en nombre pair aujourd'hui et nous vous demandons de vous mettre par groupe de deux au moins.

— Au risque de paraître entreprenant, avez-vous un binôme, Anika ? demanda Adam.

— Non, mais…

— Adam ?

En voyant Nicholas s'avancer au bord du filet, Anika sentit son bien-être s'évaporer. À l'opposé de la tenue décontractée d'Adam, il portait un pantalon beige et une chemise gris-bleu dont les manches retroussées exposaient ses avant-bras musclés. Il aurait dû avoir l'air snob. En fait, il était plein d'assurance et sexy.

Adam se détourna.

— Oui ?

Anika ne put s'empêcher de frissonner en captant l'expression de Nicholas quand il s'adressa au jeune homme.

— Votre oncle demande si vous voulez bien l'aider à distribuer les équipements. Son employé aide un passager malade, et il n'a plus personne sous la main.

La mine d'Adam s'assombrit. Son regard navigua entre elle et Nicholas, puis il parut prendre une décision.

— C'était un plaisir de vous rencontrer, Anika.

Elle attendit qu'il soit hors de vue avant de se lever et d'aller droit vers Nicholas.

— C'était quoi ça ? s'enquit-elle tout de go.

— Pardon ? Je parlais au capitaine. L'un des passagers étant malade, il m'a dit qu'il avait besoin que son neveu vienne l'aider. J'ai proposé de transmettre le message, et il m'a désigné Adam.

Le mufle ! Il arborait un air parfaitement innocent.

— Je ne vous crois pas une seconde. Vous êtes intervenu délibérément, parce que vous avez vu que je m'amusais.

Il soupira.

— Je n'ai pas cherché à vous enquiquiner, Anika. Et je n'ai pas menti à Adam.

Elle pinça les lèvres. Ses soupçons lui paraissaient ridicules tout à coup. Pourtant, il avait eu quelque chose de prédateur dans le regard quand il avait parlé à Adam. Comme s'il avait voulu lui tordre le cou !

— Très bien, restons-en là.

À peine venait-elle de prononcer ces mots qu'une vague frappa le bateau, le faisant osciller. Surprise, Anika fit un pas en arrière sur le filet. Immédiatement, Nicholas passa un bras autour de sa taille et la ramena vers lui.

Oh ! mon Dieu !

Son corps ferme était délicieusement chaud. Anika ravala son souffle en sentant la pression de ses hanches contre les siennes, son torse solide sous ses paumes et le parfum de son eau de Cologne – une odeur boisée où se mêlaient des effluves poivrés de cannelle.

Comme elle rejetait la tête en arrière pour lui dire de la relâcher, elle se figea. Ses lèvres n'étaient qu'à quelques centimètres des siennes. Si elle se haussait sur la pointe des pieds, ils s'embrasseraient.

Le pire était qu'elle en avait terriblement envie !

Déchirée entre le désir qui montait en elle et la panique qui l'envahissait, Anika releva les yeux. Nicholas la regardait fixement, et elle reconnut la lueur avide qui brillait dans ses prunelles, tandis que ses doigts pressaient la peau nue de son dos.

Brusquement, tout changea. Il s'écarta légèrement, tout en gardant une main sur sa taille. Anika faillit le retenir et dut serrer les poings pour s'en empêcher.

— Merci, murmura-t-elle.

— Il n'y a pas de quoi. Prête pour la plongée ?

À son grand soulagement, il était de nouveau insouciant et décontracté.

— Bien sûr.

Comme elle s'apprêtait à passer devant lui, il posa une main sur son épaule.

— On dirait que vous n'avez pas le choix. Vous êtes coincée avec moi.

— Quoi ?

Anika regarda autour d'elle et réprima un gémissement. Pendant qu'elle fantasmait sur les pectoraux de Nicholas, les autres passagers s'étaient rangés par groupes de deux. Certains étaient déjà dans l'eau, et leur tuba émergeait à la surface.

Elle soupira. Sa nature obstinée lui commandait d'aller dans la cabine ou de retourner bronzer sur le filet. Tout sauf aller nager avec lui !

Mais ce serait se punir elle-même. La participation au congrès incluait des excursions. Même si elle attendait avec impatience de voir des cascades, le lendemain, et de visiter une plantation de café plus tard dans la semaine, elle était encore plus excitée par l'activité proposée ce jour-là. Elle adorait nager dans le lac de Bled. Pour rien au monde elle ne manquerait l'occasion de se baigner dans l'océan Pacifique et de voir des tortues de près.

Quelques minutes plus tard, Anika descendit le long de l'échelle. Son corps habitué aux eaux froides du lac s'acclimata rapidement à la température fraîche de l'eau. Elle fit du surplace en attendant Nicholas et détourna les yeux pour ne pas remarquer que son maillot de bain noir moulait parfaitement son postérieur musclé.

Bon sang, Anika ! Quel besoin avais-tu de faire ce commentaire sur ses fesses sexy ?

Dès qu'il l'eut rejointe, elle s'éloigna en effectuant quelques brasses vigoureuses, tout en restant dans le périmètre délimité par les bouées. Un rapide coup d'œil en arrière lui confirma que Nicholas la suivait. Alors, elle lui adressa un signe et, voyant qu'il approuvait d'un hochement de tête, elle disparut sous la surface.

Le silence l'enveloppa. Un profond sentiment de paix l'envahit, faisant disparaître sa tension. En suspension à dix mètres au-dessus du fond sablonneux, elle regarda devant elle vers les profondeurs obscures et sans fin de cette masse liquide. Une réalité qui donnait à réfléchir, mais qui était inspirante aussi…

Un mouvement attira son attention, et l'émerveillement la submergea quand elle vit une tortue nager au-dessous d'elle. Sa carapace était énorme, et ses nageoires la propulsaient à un rythme tranquille.

Enthousiasmée, Anika se détourna et saisit la main de Nicholas, en lui désignant la tortue. À son tour, il écarquilla les yeux, et elle capta son sourire autour de l'embouchure du tuba. Ensemble, ils nagèrent dans le sillage du majestueux reptile, tout en restant à distance respectueuse pour ne pas l'effrayer.

Anika attendit le plus longtemps qu'elle le put, jusqu'à ce que le manque d'air commence à brûler ses poumons. Après un dernier regard à l'animal, elle remonta à la surface.

— Oh ! mon Dieu ! s'écria-t-elle, comme Nicholas émergeait auprès d'elle. Vous avez vu ?

— J'étais là, répondit-il, railleur, en relevant son masque sur son front.

— Je sais, mais… Oh ! c'était juste incroyable ! dit-elle en riant.

Et, renversant la tête en arrière, elle exhala un soupir heureux.

— La meilleure partie du séjour !

— Il n'est pas encore fini, fit-il remarquer.

L'intonation de sa voix balaya le plaisir qu'elle ressentait. Cette note sourde évoquait des désirs latents, enivrants et dangereux. Anika observa un silence prudent, tandis que la nervosité la gagnait, mêlée d'une envie qui l'effrayait.

Elle rabaissa son masque sur ses yeux. Pour se protéger de l'eau de mer autant que de l'homme qui se maintenait à côté d'elle.

— Peu importe, répondit-elle. C'était vraiment le meilleur moment.

Quelque chose vacilla dans sa poitrine. Ce n'était pas seulement ce qu'elle lisait dans ses yeux bleus qui la poussait à nager le plus loin possible de lui. Non, c'était aussi la façon étrange qu'il avait de la regarder. Comme s'il la voyait vraiment, comme s'il connaissait les pensées folles qui bouillonnaient dans sa tête.

— Nous verrons, dit-il avec un sourire énigmatique.

— En vous imprégnant de la culture des communautés où vous invitez vos clients, en testant vous-mêmes les activités locales, vous offrirez des séjours vraiment personnalisés et uniques. Merci de votre attention.

Les applaudissements fusèrent. Nicholas remercia d'un signe de tête. Sa présentation sur sa conception des séjours touristiques avait été bien accueillie par les quatre cents personnes présentes dans la salle.

Il avait réussi à rester concentré durant ces quarante-cinq minutes – un exploit, vu que depuis deux jours il n'arrêtait pas de penser à Anika.

Quelque chose avait changé la veille. Était-ce à cause de la réaction viscérale qu'il avait eue en voyant Anika assise auprès d'un inconnu qui lui souriait ? Il n'était pas d'un naturel jaloux, mais en cet instant il avait été saisi d'un désir furieux de jeter l'homme par-dessus bord. Quand le capitaine lui avait désigné son neveu, en le chargeant de l'appeler, Nicholas avait été trop heureux de s'interposer. Peu après, il avait retenu Anika qui perdait l'équilibre. Il l'avait enlacée étroitement, comme s'il ne voulait plus la lâcher.

Mais c'était un autre souvenir qui persistait dans son esprit, au point que, la nuit précédente, il était resté longtemps sur le balcon en sirotant un whisky. Ce moment inoubliable sous l'eau, quand elle lui avait saisi la main spontanément, parce qu'elle avait été émerveillée de voir une tortue marine. Et quand, une fois revenue à la surface, elle s'était mise à rire avec cette expression de joie pure sur le visage, il avait réalisé qu'il avait mal jugé Anika Pierce.

Maintenant, il commençait à la trouver de plus en plus

sympathique. Bien sûr, il devait l'amener à signer le contrat, mais plus il passait de temps avec elle, plus il désirait aussi la connaître. Et peut-être l'embrasser une fois pour découvrir le goût de ses lèvres...

En remontant sur le bateau, elle s'était éloignée. Elle était restée soit dans la cabine, soit sur le filet à l'avant. Et c'était probablement pour le mieux, se dit-il. Il l'avait laissée tranquille, ayant lui-même besoin d'un peu d'espace pour comprendre ce qui changeait entre eux. Heureusement, Adam avait été occupé à manœuvrer le bateau et n'avait plus approché Anika. Au moment de débarquer, elle avait été la première à se précipiter sur la passerelle, si bien qu'elle démarrait sa voiture de location avant même qu'il ait posé un pied sur le quai. Il ne l'avait pas revue depuis.

— Merci, monsieur Lassard, déclara l'animatrice en reprenant le micro pour s'adresser à l'assemblée. Il nous reste dix minutes. Place aux questions.

Plusieurs mains se levèrent. Nicholas apporta toutes les précisions demandées avec une touche d'humour. Parler en public était une composante obligée de son rôle de directeur commercial d'une chaîne hôtelière de dimension internationale. Même si ce n'était pas l'exercice qu'il préférait, il s'y prêtait volontiers.

— Oui... La jeune femme au fond, dit l'animatrice.

Un frisson d'anticipation parcourut Nicholas quand Anika se leva. Sa silhouette mince était vêtue d'un haut en soie jaune et d'un pantalon crème qui moulait ses longues jambes. Ses cheveux étaient relevés en chignon, ce qui mettait en valeur ses traits fins et la courbe de sa gorge. Ses lèvres s'étirèrent en un petit sourire diabolique, au moment où elle s'emparait du micro.

— Vous parlez de créer des séjours uniques en vous appuyant sur les ressources des localités où vous implantez vos hôtels, n'est-ce pas ? commença-t-elle.

— C'est exact.

— Que se passe-t-il quand la population locale n'apprécie pas votre activité ?

Il arqua un sourcil, conscient du défi qu'elle lui lançait.

— Excellente question. Tout le monde n'aime pas qu'un complexe hôtelier de renommée mondiale ouvre ses portes près de chez soi, et c'est compréhensible, déclara-t-il avec juste ce qu'il fallait d'emphase. Les opposants sont souvent des hôteliers qui craignent que nous leur fassions perdre leur clientèle.

— N'est-ce pas ce que vous faites ?

Il y eut des remous dans l'assistance. L'audace de cette jeune femme inconnue en surprenait plus d'un. Mais le calme revint quand Nicholas ébaucha un sourire. Seigneur, elle était époustouflante ! Debout et fière dans sa tenue flamboyante, avec des éclairs dans les prunelles...

— Si la concurrence est inévitable, les Hôtels Lassard mettent un point d'honneur à soigner leurs relations avec les collectivités locales, dit-il. Nous nous efforçons de collaborer avec les patrons des autres établissements autant que possible.

— Que faites-vous en cas de conflits d'intérêts ?

S'il n'y avait eu qu'eux deux, Nicholas aurait applaudi. Elle l'avait amené là où elle voulait, et devant des centaines de personnes, en plus. Anika Pierce n'avait pas froid aux yeux. Son audace l'impressionnait autant qu'elle l'excitait. Et son sourire hautain lui donnait envie de retirer les épingles de ses cheveux, de plonger les doigts dans leur masse soyeuse et de l'embrasser comme un fou.

— Cela arrive rarement, répondit-il. Mais, si la situation se présente, nous explorons toutes les possibilités en vue d'une collaboration. Il n'est pas dans l'intérêt de notre société de se faire des ennemis, et nous savons agir avec bon sens.

— Et si la bonne chose à faire est de vous en aller ?

Le défi vibrait dans sa voix. Le reste du public semblait avoir disparu, et ils se fixaient l'un l'autre, telles deux personnes en désaccord sur tout, sauf sur la passion qui les animait en cet instant et qui était aussi incandescente qu'un brasier.

— Le professionnel que je suis reconnaît que c'est parfois la meilleure option, dit-il en ébauchant un sourire carnassier. Mais personnellement je ne perds jamais.

Un brouhaha frénétique emplit la salle. Des gens se tordaient le cou pour apercevoir celle qui osait provoquer le richissime héritier des Hôtels Lassard, tandis que d'autres observaient Nicholas en chuchotant et en spéculant.

Il ne prêta guère attention à l'agitation. Anika soutenait son regard, le menton dressé. Il enveloppa sa silhouette d'un regard caressant. Le défi irradiait de tout son être, en ondes compactes. Mais il nota aussi le soulèvement rapide de ses seins sous la chemise de soie, le rose qui colorait ses joues et la lueur appréciatrice dans ses yeux sombres.

Même si cela la tuait de l'admettre, Anika le désirait.

Obtenir sa signature sur le contrat de vente passait au second plan, tout à coup. Il venait de se fixer un nouvel objectif, pensa Nicholas en se levant. Avant la fin de la semaine, il aurait mis Anika Pierce dans son lit.

4

Des lumières clignotaient au-dessus de la terrasse déjà éclairée par les torches de jardin. Les serveurs se faufilaient parmi les groupes, en proposant toutes sortes de mets typiques sur des plateaux d'argent : porc fumé à la gelée de goyave, thon mariné, crevettes au miel et aux noix, ainsi que des tartes hawaïennes, des ananas grillés et des glaces aux fruits de la passion. Des enceintes dissimulées par la végétation luxuriante diffusaient une musique de jazz sensuelle. Au-delà de la pelouse, l'océan miroitait dans le soleil couchant.

Tout en sirotant son cocktail, Anika regardait autour d'elle. Elle avait attendu tout l'après-midi et une bonne partie de la soirée que Nicholas vienne la trouver. Depuis leur échange tendu lors de la conférence, elle tenait absolument à poursuivre leur discussion. Sauf qu'il avait disparu après sa prise de parole. Elle ne l'avait pas vu aux séances de l'après-midi, ni même croisé entre les différents ateliers. Il n'avait pas été non plus aux abords de l'hôtel quand elle était allée faire une promenade avant le dîner. Où était-il passé ?

Cela lui avait gâché son après-midi, pensa-t-elle avec humeur. Même si la réunion ayant pour thème « Marketing et budget limité » l'avait particulièrement intéressée. La formation s'était avérée instructive et amusante, mais son esprit avait trop souvent dérivé vers Nicholas et la façon dont il l'avait regardée en prononçant ces mots lourds de sens : « Je ne perds jamais. »

Elle sentit un frisson la traverser à ce souvenir. Elle s'était rendue à sa présentation par curiosité. En l'écoutant, elle avait retrouvé sans peine sa colère à son égard. Balayant les émotions qu'il lui avait inspirées lors de leur sortie en mer, elle s'était levée pour le questionner, à la fois confiante et sûre d'elle.

Pourtant, à chacune des réponses de Nicholas, à chaque sourire qu'il lui avait adressé, sa résolution avait vacillé et son corps s'était affaibli. Quand il avait prononcé ces mots fatidiques pour finir, elle avait su qu'elle devait faire quelque chose pour reconquérir sa dignité. Lui parler, lui rappeler que ce n'était pas parce qu'ils avaient eu une baignade agréable qu'elle allait lui céder son auberge. En même temps, elle se prouverait qu'elle était capable d'avoir une conversation avec lui sans penser à son corps viril pressé contre le sien.

Seulement, il avait contrecarré son plan en disparaissant.

Et cela fait neuf heures maintenant ! pensa-t-elle, frustrée.

Tout en buvant une gorgée de son cocktail aux saveurs acidulées, elle se traita d'idiote. Pourquoi dépensait-elle son temps et son énergie à s'inquiéter de cet homme, alors qu'elle se trouvait dans un paradis tropical au milieu d'hôteliers du monde entier ?

Un roulement de tambour emplit soudain l'air. Anika se détourna, comme le reste de la foule. Des danseuses vêtues de robes rouges et coiffées de couronnes végétales défilaient sur la terrasse. Une femme se détacha du groupe, un sourire accueillant aux lèvres.

— Chers invités du monde entier, soyez les bienvenus. Je m'appelle Kalea et, ce soir, je suis honorée de vous présenter l'art du hula.

Les conversations cessèrent. D'une voix forte et fière, elle se mit à raconter l'histoire de cette danse ancestrale. Puis Kalea reprit sa place dans le rang des danseuses, et toutes exécutèrent le hula en chantant.

Anika était hypnotisée par leurs gestes vifs et harmonieux, leurs visages souriants et leurs voix vibrantes.

— Incroyable, n'est-ce pas ? fit une voix chaude tout près de son oreille.

Elle sursauta et crispa les doigts autour du verre. Nicholas était juste derrière elle ! L'écho de sa voix profonde la traversait de part en part.

Vivement, elle tâcha de se ressaisir. Comme les danseuses évoluaient en cercle serré, elle demanda :

— Avez-vous déjà vu un numéro de hula ?

— Oui. Mon père nous a emmenés, ma mère et moi, voir ce genre de spectacle, il y a des années. Cette danse est d'une perfection !

— Pour une fois, nous sommes d'accord, admit-elle.

Son rire chaleureux glissa sur sa peau comme une caresse. Anika concentra son attention sur les danseuses dont les mouvements gracieux des bras dessinaient une histoire dans l'air. Quand le numéro prit fin, un tonnerre d'applaudissements monta du public, et les jeunes artistes s'inclinèrent cérémonieusement avant de se retirer. Un petit orchestre installé dans le patio voisin prit le relais en jouant une mélodie jazzy.

Lentement, Anika pivota vers Nicholas, et son souffle se bloqua dans sa gorge. Il était tout de noir vêtu, et le premier bouton de sa chemise était défait, laissant entrevoir son torse séduisant. Il la faisait penser à un démon, voire au diable lui-même. Il l'avait certainement tentée, ces derniers jours.

— Vous êtes magnifique, Anika.

Une onde de plaisir se répandit en elle. Anika baissa les yeux vers sa robe bleu ciel. Le bustier laissait ses épaules dénudées, et la jupe fluide, assez courte sur le devant, s'évasait sur l'arrière en plis vaporeux jusqu'à ses chevilles. Cette tenue d'occasion, qu'elle avait dénichée dans une friperie de Bled, faisait certainement son effet. Et le regard approbateur de Nicholas ne gâtait rien.

— Merci. Je dois dire que j'étais inquiète.

— À mon sujet ? Je suis touché, dit-il en souriant.

— Je craignais de vous avoir fait fuir.

Il se pencha vers elle.

— Cela aurait été plus simple si vous aviez réussi, parce que je ne serais pas là, en train de penser à vous constamment.

Anika en resta muette de surprise.

— Je dois noter ça sur mon calendrier, reprit-il. Pour la première fois, Anika Pierce ne trouve aucune repartie spirituelle !

En proie à des émotions contradictoires, elle se raccrocha au premier argument qui lui vint à l'esprit.

— N'allez pas vous imaginer que vous pouvez me séduire pour me faire signer votre proposition !

La lueur malicieuse qui avait brillé dans les yeux de Nicholas disparut instantanément, remplacée par une expression d'une bouillante intensité.

— Dansez avec moi, dit-il d'une voix sourde.

— Pardon ?

Pour toute réponse, il lui prit la main et l'entraîna sur la piste de danse. Elle ouvrit la bouche pour lui dire de la relâcher et d'aller au diable. Mais elle n'en fit rien. Une part décadente d'elle-même réclamait une danse, juste une, avec l'homme qui lui donnait le sentiment d'être belle, vibrante et sexy.

C'est toujours un type insupportable. Mais ça ne veut pas dire que tu n'as pas le droit de t'amuser.

Sur cette justification, Anika le suivit, déposant au passage son verre sur un plateau. Il y avait du monde, nota-t-elle. Les gens dansaient ou ondulaient sur place.

Sans autre avertissement, Nicholas pivota vers elle, si brusquement qu'elle faillit le heurter. Puis il relâcha sa main, et Anika connut un moment d'embarras. L'avait-il amenée là juste pour se moquer d'elle ? Était-ce sa façon de lui faire payer sa provocation à la fin de sa prise de parole ?

Mais il plaça une main possessive dans le bas de son dos. Anika sentit comme une onde électrique traverser sa peau à ce contact. Son autre main s'attarda brièvement sur sa hanche, avant de remonter le long de son côté pour glisser lentement sur son bras. Au moment où il lui entourait les doigts pour la faire danser, elle sentit une bouffée d'anticipation fuser dans ses veines.

— Je ne recours pas au sexe pour obtenir ce que je veux, déclara-t-il.

Ces paroles pénétrèrent la brume de plaisir qui l'enveloppait. Anika cilla et rencontra son regard furieux.

— Je… J'ai du mal à le croire, répondit-elle, déstabilisée.

Il l'attira contre lui pour contourner un couple qui se déhanchait joyeusement et glissa une jambe entre les siennes. Anika suffoqua à cette audace. Nicholas en profita pour la guider à l'écart des autres danseurs.

— Quand nous coucherons ensemble, vous et moi, ce sera uniquement parce que nous l'aurons désiré, expliqua-t-il.

Un rugissement sourd monta en elle, de sorte que les battements de son cœur semblaient amplifiés jusqu'à ressembler à des coups de tonnerre.

— Quoi ? lança-t-elle, haletante.

— Vous me désirez, et je vous désire.

— Je n'ai jamais dit que je vous désirais !

Les doigts de Nicholas pressèrent plus fermement son dos, et son regard brillait d'une lueur avide. Il avait eu cette même expression sur le catamaran, se rappela-t-elle.

— Vous n'avez jamais dit le contraire non plus, répliqua-t-il. Dites-moi que vous n'avez pas imaginé que je vous embrassais quand vous étiez dans mes bras sur le bateau. Soyez franche, Anika. Vous n'avez pas pensé à ce que nous pourrions faire ensemble ? À la caresse de mes doigts, de mes lèvres sur votre corps sensationnel...

Oh ! mon Dieu ! Dis quelque chose.

Mais elle était incapable de parler. Des images torrides envahissaient son esprit : Nicholas et elle enlacés, ses lèvres sillonnant son cou, ses seins, tandis que ses hanches se pressaient contre les siennes, brûlantes et nues !

— Ah, vous y avez donc pensé, lâcha-t-il avec un sourire dévastateur.

— Je...

— Je vous désire, Anika.

— C'est mon auberge que vous voulez.

— Ce sont deux choses distinctes.

— Pas pour moi, murmura-t-elle en se raccrochant désespérément à la raison.

C'était difficile quand son parfum la grisait. Sans parler de ce regard ardent qu'il posait sur elle, comme s'il ne pouvait supporter l'idée de passer une autre nuit sans la mettre dans son lit.

Personne ne l'avait jamais regardée ainsi. Ni Zachary ni les quelques flirts qu'elle avait eus à l'université. Avec Zachary, elle avait connu des sensations agréables, mais rien qui ressemble à ce feu qui la consumait, au désir puissant de sentir le corps de Nicholas s'unir au sien.

La chanson prit fin, et des applaudissements saluèrent les musiciens. Nicholas la retint encore un moment contre lui avant de la relâcher et d'applaudir à son tour. Puis quelqu'un l'appela, et il tourna la tête.

Anika en profita pour se fondre dans la foule et se précipiter à l'intérieur de l'hôtel. Montant l'escalier en courant, elle fonça vers sa chambre et verrouilla la porte derrière elle.

Puis elle retira sa robe de soirée et la jeta dans la penderie avec rage. Dire qu'elle l'avait achetée pour se donner confiance !

Et maintenant sa peau était bouillante, là où Nicholas l'avait touchée, et elle se sentait terriblement mortifiée à cause des fantasmes qu'il lui avait inspirés.

Étouffant un juron, elle enfila une chemise de nuit, puis passa un des peignoirs délicieusement enveloppants de l'hôtel. Ce changement de tenue n'apaisa pas pour autant le désir qui continuait de chauffer son sang, ni le souvenir de l'étreinte de Nicholas.

Se laissant tomber sur le lit, elle enfonça les poings dans le dessus-de-lit et s'efforça de prendre du recul. Que lui arrivait-il ?

Depuis son arrivée à Bled, ses priorités avaient toujours été Marija et l'auberge. Sauf l'année qui avait suivi l'obtention de son diplôme de commerce, admit-elle. Elle s'était adonnée à sa passion des voyages, sans trop s'éloigner de la Slovénie cependant, car Marija avait eu besoin d'aide, et l'auberge avait nécessité des réparations urgentes. Elle était donc revenue à Bled et avait trouvé de la satisfaction à s'occuper de la clientèle avec sa grand-mère, qui était sa seule famille. Et maintenant que Marija n'était plus là, il ne lui restait que cette maison, se dit-elle avec tristesse.

Se levant, Anika alla se camper devant les portes-fenêtres. La baie d'Hanalei était plongée dans la nuit. Des éclairs zébraient l'obscurité au loin, et des roulements de tonnerre lui parvenaient assourdis.

Est-ce à cause de ma solitude que je suis si troublée par cet homme ? Oh ! faites que ce soit aussi simple...

Mais la raison de sa folle attirance pour Nicholas Lassard lui semblait beaucoup plus compliquée que ça.

Un soupir lui échappa, tandis que des éclairs déchiquetés semblaient frapper l'océan, illuminant brièvement la crête blanche des vagues.

Que devait-elle craindre le plus ? Qu'il la veuille dans son lit ? Ou qu'elle rêve d'y être ?

Un coup de tonnerre fit vibrer les vitres de la salle de réception. L'espace d'un moment, les voix se turent, puis s'élevèrent de nouveau. L'orage paraissait s'éloigner. L'orchestre entama un air de musique pop, et les clients se mirent à danser sur un rythme endiablé. Les cocktails se succédant, tous riaient et s'amusaient follement.

C'était le genre de soirée qui lui plaisait habituellement, se dit Nicholas en portant son verre à ses lèvres. Alors, pourquoi ne profitait-il pas de cette ambiance de fête comme les autres ? Il aimait s'amuser, rencontrer des gens différents, prendre un verre avec une jolie femme et parfois l'inviter dans sa chambre. Mais la seule femme qui l'intéressait ce soir était introuvable.

Il savoura sa gorgée de whisky, espérant que sa saveur boisée rehaussée d'amertume chasserait de son esprit l'image d'une certaine brune au tempérament fougueux. Mais le liquide ambré avec sa rondelle d'orange lui rappelait ses yeux pleins de flammes. Cette vision le renvoya au moment où il l'avait tenue dans ses bras, à l'excitation qui l'avait saisi quand il lui avait seulement touché la main.

Une femme se matérialisa devant lui, sublime dans une robe d'un rouge éclatant, ses longs cheveux noirs et bouclés répandus sur ses épaules nues. Elle ébaucha un sourire aguicheur.

— Vous êtes seul ici ?

— Exact.

Elle se rapprocha et posa une main sur son bras.

— Aimeriez-vous y remédier ?

Nicholas la dévisagea longuement, tâchant de ressentir quelque chose à son égard. Mais non, rien à faire, il ne pensait qu'à Anika.

— Aussi belle que vous soyez, je vais devoir refuser, répondit-il enfin.

L'inconnue le regarda d'un air songeur, puis retira sa main en esquissant une moue de défaite.

— Cette femme a beaucoup de chance, dit-elle avant de s'éloigner d'une démarche sinueuse.

Nicholas laissa échapper un sourire d'autodérision. Anika se considérait plutôt comme la femme la plus malchanceuse de l'île. Elle avait eu une expression horrifiée quand il avait parlé de l'issue probable de la soirée. Et c'était sans parler de sa fuite à la fin de leur danse ! Mais elle avait eu beau protester, elle n'avait pas nié leur attirance.

Elle avait besoin d'un peu plus de temps. Peut-être devaient-ils d'abord régler la vente de l'auberge pour pouvoir s'intéresser l'un à l'autre sans se considérer comme des rivaux en affaires. Comment pensait-elle continuer à gérer seule son établissement, alors que le bâtiment se dégradait et que le coût des réparations ne cessait d'augmenter ? Cela le dépassait complètement. Elle lui avait pourtant donné l'impression d'être une femme intelligente dotée d'un solide bon sens. Alors, pourquoi s'obstinait-elle ? Elle n'était quand même pas attachée à cette maison au point de préférer la laisser tomber en ruine au lieu de la vendre ?

Ce n'était peut-être pas tant l'idée de la céder qui la rendait si butée que le fait que ce soit *lui* qui veuille l'acheter.

Nicholas fixa son verre. Ça ne l'avait jamais gêné qu'on ait une opinion négative de lui. En affaires, mieux valait être respecté qu'aimé. Pourtant, l'idée qu'il puisse être la principale raison du refus d'Anika l'irritait. Il se voyait comme un homme dur mais juste. Il était exigeant sur le standing des hôtels, mais ses employés et sa clientèle en récoltaient les bénéfices.

Si l'auberge Zvonček avait prospéré, il n'aurait pas approché Anika. Mais l'affaire périclitait, et il était capable de la sauver. De son côté, Anika s'entêtait parce que, pour une raison quelconque, elle l'avait pris en grippe à la seconde où elle l'avait rencontré.

Il but son reste de whisky. Oui, ils devaient régler la vente de l'auberge. Seulement, il avait abordé le problème sous un mauvais angle, en expliquant à Anika comment cette vente profiterait à l'Hôtel Lassard et ce qu'elle-même en tirerait financièrement. Or, cette femme était sensible, avec des émotions à fleur de peau, ainsi qu'il l'avait découvert au cours de ces derniers jours. Il devait donc s'y prendre autrement, insister sur la façon dont il pourrait préserver cet héritage qui lui tenait tant à cœur.

Et, une fois qu'il l'aurait amenée à la raison et qu'elle aurait apposé sa signature sur le contrat, il n'y aurait plus d'obstacles entre eux. Ils seraient libres de profiter de la compagnie l'un de l'autre, dans la chambre et en dehors.

Nicholas jeta un coup d'œil à sa montre. À peine 21 heures. Il était encore assez tôt pour qu'il l'invite à boire un verre au bar.

Il sortait son téléphone de sa poche quand quelqu'un le bouscula, projetant du vin sur sa chemise. Levant les yeux, il vit un homme d'un certain âge, visiblement ivre. Il paraissait horrifié par sa maladresse.

— Je tiens à vous présenter des excuses, dit-il d'une voix pâteuse teintée d'un fort accent australien. Je ne savais pas que j'avais mon compte...

Nicholas ravala une remarque cinglante, tandis que l'homme lui tapotait le bras maladroitement.

— Je payerai le pressing, ajouta l'Australien.

— Pas la peine.

— J'ai les moyens, vous savez. Je possède quatre hôtels à Sydney. Quatre !

— Je n'en doute pas. Maintenant, veuillez m'excuser, dit Nicholas en gagnant les ascenseurs.

Heureusement, personne d'autre n'attendait là. Il entra dans l'un d'eux et appuya sur la commande du dernier étage. Cette chemise tachée était un léger contretemps, mais une fois qu'il se serait changé il appellerait Anika et...

Un énorme boum éclata soudain au-dessus de lui, faisant trembler les parois de l'ascenseur. Un instant plus tard, la lumière s'éteignit, et la cabine stoppa son ascension.

5

Depuis la porte du balcon, Anika contemplait la tempête qui dévalait la montagne et balayait la baie. Un éclair illumina les nuages énormes amoncelés au-dessus de l'île. Une pluie drue s'abattit alors sur la petite station balnéaire.

Anika sourit. Il pleuvait régulièrement à Bled, mais cela n'avait rien à voir avec ce déchaînement sauvage des éléments. Cette météo était exactement ce dont elle avait besoin pour se distraire de ses réflexions.

Un coup de tonnerre formidable retentit soudain, ébranlant la porte vitrée. Puis l'hôtel fut plongé dans l'obscurité totale.

Elle soupira et s'appuya contre le chambranle. Elle avait connu beaucoup de pannes de courant dans le Middle West, lors des orages d'été et des tornades. En Slovénie, c'étaient les tempêtes de neige qui les forçaient, Marija et elle ainsi que les clients, à rester cloîtrés pendant une journée ou deux, tandis que le vieux générateur assurait un fonctionnement minimum. Chaque fois, elle ressentait la même excitation dans ces moments-là : le sentiment de se savoir isolée dans un cocon douillet, tandis que dehors la marche du monde était ralentie.

La sonnerie intempestive de son téléphone interrompit sa rêverie. Irritée, Anika le tira de sa poche et fronça les sourcils en voyant que le numéro lui était inconnu.

— Allô ?

— Vous allez bien ?

Elle faillit lâcher l'appareil.

— Nicholas ?

Les notes graves de son rire l'enveloppèrent.

— Vous pensiez que cet appel venait de quelqu'un d'autre ?

— Non, mais... Comment avez-vous eu mon numéro ?

— Je ne vais pas vous révéler tous mes secrets maintenant, dit-il d'un ton sensuel. Mais, sérieusement, ça va ?

— Bien sûr. Pourquoi ?

— C'est à cause de la panne de courant. Je voulais m'assurer que tout se passait bien pour vous.

À la fois troublée et touchée par sa prévenance, Anika sentit que la détermination qu'elle venait de retrouver commençait à se lézarder.

— C'est le cas, répondit-elle. Et pour vous ?

— Coincé dans l'ascenseur.

— Quoi ?

— Quand on travaille dans l'hôtellerie, il faut bien que ça arrive à un moment ou à un autre, déclara-t-il, désinvolte.

Anika frissonna. L'hôtel avait seulement quatre étages, mais l'idée d'être enfermée dans une boîte en métal suspendue à une dizaine de mètres du sol lui donnait l'impression de faire partie d'un film d'horreur.

— Avez-vous contacté quelqu'un ? demanda-t-elle.

— Seulement vous.

— Nicholas ! lança-t-elle avec impatience. Je ne peux pas vous aider à sortir d'un ascenseur.

— Je sais. Je vous appelais pour savoir comment vous alliez. Je sortirai de là quand le courant sera rétabli.

Un bip continu retentit dans son oreille, et Anika laissa échapper un juron en jetant un coup d'œil à son portable.

— Qu'y a-t-il ? s'enquit Nicholas.

— Je n'ai presque plus de batterie. J'ai oublié de charger mon téléphone ce soir.

— Distraite, Pierce ?

— Terriblement. À cause d'un type prétentieux qui refuse de me laisser tranquille, si vous tenez à le savoir !

— Je vous empêche de dormir, Anika ?

Confuse, elle regarda au-dehors. Elle se rappela ses paroles sur la piste de danse et, au lieu de l'irriter, ce souvenir fit naître en elle un désir d'intimité, une soif de passion. De nouveau, elle brûlait d'éprouver ces sensations que Nicholas promettait d'un seul regard.

— Anika ?

— Oui ? répondit-elle d'une voix étranglée qui ressemblait à un couinement.

— Bonne nuit. J'espère que vous rêverez de moi.

Elle devina le sourire qu'il ébauchait, le visualisa clairement dans son esprit.

— Des rêves où je serai en train de vous étrangler, peut-être. Qu'allez-vous faire ?

— Il n'y a pas grand-chose à faire. Même si j'aime le film où Bruce Willis réalise des cascades dans une cage d'ascenseur, je n'ai pas envie de jouer les casse-cou et de finir en bas aplati comme une crêpe. Je sais que c'est ce que vous souhaiteriez…

— Ne dites pas de bêtises.

Certes, Nicholas avait le don de la mettre hors d'elle, et elle le détestait avant ce voyage. Mais, ces derniers jours, elle avait découvert une autre facette de sa personnalité. S'il était toujours égoïste, arrogant et habitué à obtenir ce qu'il voulait, il était intelligent, assuré et même gentil aussi. Elle l'avait vu bavarder avec des employés de l'hôtel, des « petites gens » que, la plupart du temps, personne ne daignait remarquer.

— J'aimerais avoir un stylo, dit-il.

— Pour quoi faire ?

— Pour marquer le jour où Anika Pierce a cessé de souhaiter ma mort.

— Je ne pense pas vous avoir vraiment souhaité le pire. Juste que vous soyez… horriblement mutilé.

Son rire sonore lui décocha une salve de frissons, et elle ferma les yeux, l'imaginant dans une pose nonchalante sur le sol de la cabine, une flamme malicieuse au fond de son regard bleu.

— C'est un progrès, commenta-t-il.

Le téléphone d'Anika bipa de nouveau. Avec un peu de chance, elle avait encore une minute de communication.

— Où êtes-vous ? Je veux dire, dans quel ascenseur ?

— Le dernier à droite, à l'extrémité est du bâtiment.

Elle se représenta mentalement le plan de l'hôtel.

— Restez où vous êtes, dit-elle étourdiment.

— Ça, ce n'est pas difficile…

Le téléphone d'Anika s'éteignit. Elle se passa une main dans les cheveux et sortit dans le couloir. Se guidant grâce aux veilleuses de l'éclairage de secours, elle descendit au rez-de-chaussée et gagna la batterie d'ascenseurs. Repérant la porte, elle posa les mains sur le métal froid.

— Nicholas ?

— Anika ?

Elle sourit, soulagée d'entendre sa voix.

— J'ai pensé que vous pourriez avoir besoin de compagnie.

Il ne répondit pas immédiatement, et elle sentit son audace vaciller.

— Merci, dit-il enfin.

Anika laissa échapper un soupir saccadé.

— Alors… Comment allez-vous ?

— Oh ! il y a certainement pire, lança-t-il en riant. Dites-moi ce qui se passe de votre côté.

— C'est très calme. Personne en vue. J'imagine que les gens

sont dans la grande salle ou dans leur chambre pour profiter du spectacle.

— Quel spectacle ?

— L'orage. C'est fantastique.

— Vous voulez me le décrire ? Pour que ça vous émerveille à ce point, ce doit être spectaculaire. Moi qui vous trouvais froide…

Anika fronça les sourcils, plus blessée qu'elle n'aurait voulu par ce commentaire.

— J'essaye de comprendre comment, en faisant de tels compliments, vous pouvez être considéré comme l'un des célibataires les plus convoités d'Europe, dit-elle sèchement.

— Je suis charmant, séduisant et excessivement riche. Mais revenons à vous. Froide et distante, c'est la première impression que vous m'avez faite. Mais, plus j'apprends à vous connaître, plus je me rends compte que vous êtes bien plus que ça. Vous n'êtes pas impulsive comme moi. Vous prenez le temps de réfléchir, de planifier. Alors, en entendant cette intonation rêveuse dans votre voix quand vous parlez de l'orage, je suis déçu d'être coincé ici et de ne pas voir votre visage.

Ébranlée par ce discours, Anika recula. C'étaient les plus belles paroles qu'elle ait jamais entendues. Son cœur se mit à battre à coups redoublés.

— Ai-je tort ? ajouta Nicholas.

— Non, répondit-elle en s'efforçant de reprendre le contrôle de ses émotions. Je commence à comprendre pourquoi tant de femmes tombent à vos pieds.

— C'est à cause de mon charme ?

Anika inspira profondément. Oh ! pourquoi avait-elle entamé cette conversation ?

— Parce que vous faites en sorte qu'une femme se sente unique, voilà, dit-elle en s'empourprant à cet aveu.

Son rire lui parvint à travers les portes métalliques.

— Qu'elle se sente unique ? Mais, Anika, vous êtes unique.

Tremblante, elle se laissa tomber à genoux sur le tapis.

Parle-lui de l'orage !

— Les éclairs illuminent les vagues déchaînées qui prennent une teinte argentée, commença-t-elle. C'est une vision dramatique. Les montagnes n'en sont que plus impressionnantes. Quand je suis confortablement installée dans ma chambre à savourer un thé chaud, je pourrais contempler l'orage pendant des heures.

— Incroyable, dit Nicholas. Mon frère et moi, nous aimions regarder les orages, chez nous, en Écosse. De toutes les maisons familiales, c'était ma préférée. Ma mère en avait hérité, et nous avons passé là-bas les cinq premières années de ma vie avant de déménager pour aller vivre à Londres. Des murs de pierre, des tourelles, une cheminée immense dans la bibliothèque... Le manoir était perché au bord de la lande, avec des montagnes en arrière-plan.

Fermant les yeux, Anika imagina deux petits garçons regardant la pluie tomber, le visage collé contre la vitre.

— Votre frère, comment est-il ?

— Il est mort.

Horrifiée, elle rouvrit les paupières.

— Oh... Oh ! Nicholas, je suis sincèrement désolée.

— Ça va. C'était il y a vingt ans.

Pourtant, une douleur brute transparaissait dans ses paroles, comme si c'était arrivé la veille, nota-t-elle.

— C'est bien que vous ayez des souvenirs avec lui, dit-elle très bas.

— Merci. Comme j'ai parlé de mon passé, pourquoi ne pas me raconter un peu le vôtre ?

— D'accord, que voulez-vous savoir ?

— Comment une jeune Américaine des plaines du Middle West se retrouve-t-elle à s'occuper d'une auberge en Slovénie ?

— Dit comme ça, ça semble bizarre, en effet, répondit Anika en suivant du doigt le tracé d'un motif sur le tapis. Ma mère est décédée d'un cancer quand j'avais douze ans. Babica était la seule famille qui me restait, même si je ne l'avais vue que deux fois dans ma vie. J'ai donc pris l'avion pour me rendre en Slovénie.

— Et votre père ?

— Il est mort dans un accident de voiture quand j'avais cinq ans. Je n'ai pas beaucoup de souvenirs de lui, mais ce sont des souvenirs heureux. Ma mère était infirmière à Kansas City. Quand elle travaillait, c'est lui qui venait me chercher à l'école, et il m'achetait un beignet. Il appelait ça « notre journée papa-beignet », dit-elle avec un sourire nostalgique.

— Ce devait être un père merveilleux.

Quelque chose dans la voix de Nicholas lui fit relever la tête vers les portes closes de l'ascenseur.

— Et le vôtre ?

Nicholas ne répondit pas immédiatement. Finalement, il laissa échapper un soupir.

— Nous nous entendons bien maintenant. Mon père est toujours P-DG des Hôtels Lassard. Ma mère siège au conseil d'administration de plusieurs œuvres caritatives et est bénévole dans une bibliothèque. Elle adore faire la lecture aux enfants. C'est fou le chemin qu'elle a parcouru pour en arriver là. La mort de David les a anéantis. Mon père était toujours absent, ma mère dormait tout le temps, assommée par les antidépresseurs. Je passais tout mon temps à l'école ou avec l'équipe de foot. Ce n'est que lorsque j'ai débuté mes études qu'ils ont commencé à aller mieux.

Dans l'esprit d'Anika, l'image des deux petits garçons à la fenêtre s'effaça, remplacée par celle d'un enfant affligé qui regardait seul les orages. Elle en eut le cœur déchiré.

— Nicholas…

Elle chercha des paroles de réconfort, qui ne seraient pas compassées ou vides de sens, et n'en trouva pas.

— Je suis profondément désolée. Ça a dû être atroce.

Il laissa échapper un rire dur.

— La solitude, oui. Les moments les plus joyeux étaient quand nous partions en vacances. De brèves parenthèses où nous réussissions à être heureux.

Une pensée la frappa soudain.

— Cela explique pourquoi vous êtes entré dans l'entreprise familiale, n'est-ce pas ? C'est la raison pour laquelle vous vous impliquez dans les activités que vous proposez à vos clients.

Un silence s'écoula.

— Je n'y ai jamais réfléchi. Mais, oui, les meilleurs moments de ma vie ont été les voyages. Je tiens à offrir ce genre d'expérience à nos clients. Et j'ai toujours aimé gagner, ajouta-t-il en retrouvant son arrogance habituelle.

Anika soupira.

— Vous êtes horrible. Vous le savez ?

— Vous avez déjà mentionné quelque chose de similaire. Qu'ai-je donc fait maintenant, à part vous avoir poussée à pleurer sur le sort d'un pauvre petit garçon riche ?

— Je finis par être comme vous.

Avant qu'elle ait pu s'expliquer là-dessus, un grondement résonna dans l'hôtel, et la lumière se mit à clignoter. Anika se leva juste au moment où les portes de l'ascenseur coulissaient.

Nicholas se tenait là, les mains dans les poches, les épaules rejetées en arrière dans une attitude pleine d'assurance.

Une semaine plus tôt, cela l'aurait agacée, admit-elle. Mais à présent... Était-ce l'effet de leur conversation intime qui flottait encore dans l'air ou de la flamme possessive qui brillait dans le regard de Nicholas ? Toujours est-il qu'elle était en proie à une chaleur intensément érotique qui l'empêchait presque de respirer.

— J'occupe la suite au dernier étage, dit-il en tendant une main vers elle. Venez avec moi. Nous regarderons l'orage ensemble.

Elle fixa sa main pendant un long moment. Elle devait retourner dans sa chambre. Oui, elle désirait cet homme, mais il n'était pas bon pour elle. Plus elle apprenait à le connaître, plus il lui paraissait dangereux. Elle ne voulait pas se rapprocher de lui et le trouver sympathique. Ce serait difficile pour elle de s'éloigner de lui, le moment venu.

Ce qui arriverait tôt ou tard, car les hommes comme Nicholas Lassard ne restaient pas. Ils vous charmaient, vous séduisaient et partaient en traînant dans leur sillage les miettes de votre cœur brisé.

Les portes de l'ascenseur allaient se refermer. Nicholas s'avança sur le seuil de la cabine, et elles s'écartèrent de nouveau.

— Une nuit, Anika. Restez avec moi juste une nuit.

Il s'approcha sans cesser de la fixer.

Anika restait immobile, le corps tendu, le cœur battant à tout rompre. S'il s'était déplacé rapidement, un sourire arrogant aux lèvres, ou s'il avait lancé une de ses blagues mordantes, peut-être aurait-elle trouvé la force de se ressaisir et de tourner les talons.

Mais Nicholas posa une main légère sur sa joue, et ce geste tendre anéantit jusqu'à la dernière miette de volonté qu'il lui restait. Elle s'appuya contre sa paume et ferma les yeux en exhalant un soupir.

Un souffle tiède effleura ses lèvres, juste avant que Nicholas pose la bouche sur la sienne.

Dans un sursaut de bon sens, elle s'exhorta à ne pas succomber à cet homme qu'elle s'était juré de combattre sans relâche. Mais, quand elle sentit qu'il lui enlaçait la taille et l'attirait contre lui, toute pensée rationnelle s'éteignit dans son esprit, et elle entrouvrit les lèvres sous les siennes.

Nicholas explora l'intérieur de sa bouche, et les caresses de sa langue habile lui arrachèrent un gémissement. N'y tenant plus, Anika noua les bras autour de son cou et s'abandonna à son étreinte.

Brusquement, il s'immobilisa.

Oh ! mon Dieu ! Avait-il changé d'avis ? Et elle qui lui volait dans les bras comme une folle !

Embarrassée par sa réponse pleine de fougue, elle chercha à se dégager. Elle le remercierait froidement pour ce baiser, puis gagnerait la porte pour ne pas qu'il voie sa honte…

Mais à cet instant il lui saisit les hanches et la ramena contre lui, avant de reculer vers la cabine. D'un geste impatient, il appuya sur le bouton d'étage, et les portes se refermèrent.

Anika ravala son souffle en sentant la tension de sa virilité contre son ventre. D'un doigt, Nicholas la força à le regarder.

— Restez avec moi, et je vous ferai l'amour.

Prends la fuite !

Il lui donnait l'occasion parfaite de le planter là. C'était aussi une façon de poser la limite une fois pour toutes.

Lentement, il promena les doigts sur son bras. Sa peau se couvrit de chair de poule, et elle frissonna. Haletante, Anika sentait sa main remonter avec une lenteur insupportable, effleurer la courbe sensible de son épaule, puis de son cou.

Avant qu'elle puisse réagir, il caressa du pouce le bord de sa lèvre inférieure. Le désir impérieux qui enflammait son regard s'adoucit, et elle crut lire quelque chose qui ressemblait à de l'émerveillement.

— Vous êtes belle, Anika.

Elle sentit une vague de chaleur l'envahir. Il lui avait fait ce compliment plus tôt, et elle avait eu le sentiment d'être sexy. Mais cette fois, alors qu'elle se tenait pieds nus, enveloppée d'un peignoir, les cheveux lâchés, elle crut sincèrement qu'il disait vrai. Elle était belle…

De nouveau, elle se hissa sur la pointe des pieds pour nouer les bras autour de son cou.

— Faites-moi l'amour.

6

Nicholas la souleva dans ses bras quand les portes de l'ascenseur s'ouvrirent, et ils débouchèrent directement dans la suite.

Tout en avançant vers la chambre, il captura sa bouche en un baiser possessif qui la laissa pantelante. En se rendant compte qu'il la portait vers le lit king size, Anika sentit son pouls s'accélérer.

Les éclairs illuminaient la chambre, soulignant son profil séduisant. Puis il la déposa sur le couvre-lit luxueux. Sur une impulsion, elle s'agrippa à lui, plaqua ses lèvres sur la ligne dure de son menton et lui mordilla le cou. Nicholas n'eut d'autre choix que de la couvrir de son corps.

— Si tu continues comme ça, dit-il contre son oreille, ça ne durera pas longtemps.

Anika se mit à rire, ravie de lui faire cet effet. Elle se cambra lascivement et nota avec satisfaction que ses traits se contractaient.

— Je te tente à ce point-là ?

— Tu te rappelles ce jour-là, dans ton bureau, quand tu as jeté au feu les bouts de papier du contrat ? Tu m'as regardé avec ce même sourire suffisant.

Tout en parlant, il déposait une série de petits baisers sur sa gorge.

— Oui..., répondit-elle tandis qu'il abaissait lentement les bretelles de sa chemise de nuit.

Anika frissonna en sentant l'air frais sur ses seins nus. Intimidée, elle leva les mains pour se couvrir, mais Nicholas lui saisit les poignets et lui ramena les bras au-dessus de la tête.

— Je jure que j'ai voulu t'embrasser cette fois-là, dit-il avant d'appliquer ses lèvres sur le galbe d'un sein. Je voulais te plaquer contre le mur, enlacer ton corps divin et t'embrasser comme un fou.

— Pourquoi ne pas l'avoir fait ? s'enquit-elle d'une voix saccadée.

Nicholas se mit à titiller sa chair du bout de la langue.

— Parce que tu m'aurais giflé.

— Ou je t'aurais poussé dans la cheminée, répondit-elle en retrouvant un peu d'empire sur elle-même.

Il répondit à sa boutade en happant son mamelon entre ses lèvres chaudes. Anika laissa échapper un cri et s'agita sous lui, pendant qu'il aspirait et mordillait la pointe d'un sein, puis l'autre.

— Nicholas !

Il releva la tête.

— J'adore quand tu prononces mon nom.

Il agrippa l'ourlet de sa chemise de nuit, la releva par le haut et la jeta à terre. À la faveur d'un éclair, il put voir qu'elle ne portait plus qu'un slip de dentelle noir.

Exposée à sa vue, Anika se forçait à rester immobile. L'expression presque sauvage qu'elle lisait sur ses traits virils calma sa nervosité et lui rendit un peu de sa confiance en elle. Lentement, elle déplaça les hanches et sourit en voyant une flamme s'allumer dans son regard bleu.

Le tonnerre gronda, faisant trembler les pendeloques du lustre de cristal au-dessus du lit. La pluie se remit à tomber, et le crépitement alla crescendo.

Mais peut-être étaient-ce les battements désordonnés de son cœur qu'elle entendait, alors que la langue de Nicholas traçait un sillon de feu sur son cou, ses seins, son ventre et jusqu'à l'ourlet de son slip. L'anticipation qui chauffait son sang rendait son corps plus léger que l'air, et elle se mit à trembler.

D'un geste assuré, il la débarrassa du triangle de dentelle. Anika était complètement nue, offerte.

— Tu es toujours habillé, murmura-t-elle.

— Quelle observation judicieuse ! répondit-il malicieusement en se calant entre ses cuisses.

— Ce n'est pas juste…

— La vie n'est pas juste, lâcha-t-il en pressant ses lèvres sur l'intérieur d'une cuisse.

— Mais…

Ses protestations s'évanouirent, tandis que les baisers de Nicholas remontaient lentement vers son intimité. Des spasmes brûlants la traversaient. Anika sentit ses nerfs se liquéfier, quand il releva les yeux vers elle. La vue de sa tête brune sur son entrejambe l'emplit d'un mélange d'appréhension et de désir.

— Qu'est-ce qui ne va pas ?

— Je… Juste un peu de nervosité, avoua-t-elle. Personne ne m'a jamais embrassée… là.

— Personne ?

— Non…, répondit-elle dans un souffle.

Le frisson qui la secoua la rendit totalement vulnérable sous son regard possessif.

Nicholas dut le percevoir aussi, car il se maintint immobile au-dessus d'elle, la laissant libre de décider. Puis, comprenant qu'elle ne lui refuserait rien, il abaissa la tête sur le pôle de sa féminité.

Un élan de plaisir la transperça, si exquis que tout son corps se mit à trembler. Anika empoigna le couvre-lit, pendant que la langue de Nicholas lui prodiguait des caresses d'une affolante sensualité.

Mon Dieu ! Elle allait hurler…

Elle lui agrippa les cheveux pour le presser davantage contre elle. L'excitation montait en elle jusqu'à devenir insupportable, mais pour rien au monde elle ne lui aurait demandé de mettre fin à cette divine torture. Non ! Pas quand elle était si proche de...

Le plaisir explosa en elle. Ses hanches se soulevèrent du lit, et tout son corps exulta.

Nicholas s'appliqua à ralentir ses caresses, mais sans les interrompre, et Anika retomba sur le lit, le corps sans consistance.

Elle perçut vaguement le grondement du tonnerre et un bruissement d'étoffe, puis le bruit d'un emballage qu'on déchire. Rouvrant les yeux, elle vit Nicholas debout au bord du lit, dans toute la splendeur de sa nudité, occupé à ajuster un préservatif sur sa virilité triomphante.

Consciente qu'il suivait chacun de ses gestes, elle leva les bras en arrière et ébaucha un sourire provocant.

— Tu es très beau.

— Merci, répondit-il en souriant.

— C'était sincère.

Roulant sur le côté, elle contempla ses larges épaules, les muscles ciselés de son ventre plat, sa taille mince, ses cuisses puissantes.

— Tu as un corps splendide. C'est un peu injuste, mais vu les circonstances dans lesquelles nous nous trouvons je vais en être reconnaissante plutôt que jalouse.

Il renversa la tête en arrière et partit d'un grand rire.

— Comment se fait-il que je ne t'aie pas connue plus tôt ?

Anika inclina la tête, troublée par ce commentaire. Puis sa perplexité disparut, quand il se mit à caresser son sexe tendu. Follement excitée, elle se dressa à genoux en lui faisant signe d'approcher.

Nicholas obéit. Déjà, Anika frémissait d'impatience. Elle voulait le toucher, sentir son corps nu contre le sien. Mais il s'arrêta à quelques centimètres du lit. Comme elle tendait la main vers lui, il recula hors de sa portée, en riant de son soupir de frustration.

— La prochaine fois, dit-il d'un ton prometteur.

— Qu'est-ce qui te fait croire qu'il y aura une prochaine fois ? répliqua-t-elle, les mains sur les hanches.

Alors, se déplaçant avec la rapidité de l'éclair, il l'entoura de ses bras et la plaqua contre lui. Chacun de ses muscles saillants était pressé contre sa chair nue, et cette intimité délicieuse l'enflamma tout entière. Nicholas glissa une main dans ses cheveux et lui inclina la tête pour la forcer à le regarder.

— Parce qu'une fois ne suffira pas, Anika.

Il appuya son sexe contre sa féminité humide et ébaucha un sourire triomphant quand elle laissa échapper un gémissement.

Et si une nuit ne suffisait pas ? Cette pensée la ramena à la raison, et son désir s'émoussa quelque peu. Mais elle était capable de partir quand elle le voulait, n'est-ce pas ? Nicholas lui plaisait, plus qu'avant certainement. Ça ne signifiait pas qu'elle lui faisait confiance, ni qu'elle l'estimait assez pour vouloir coucher de nouveau avec lui.

Il la renversa sur le lit, et le contact de ses cuisses fermes contre les siennes bannit en elle toute pensée cohérente. Avec des gestes fébriles, elle promena les mains sur son corps, avide de le caresser. Comme il la laissait faire, Anika s'enhardit. Contournant sa cuisse dure, elle en glissa une entre leurs peaux qui se touchaient.

— Coquine ! dit-il en capturant son poignet.

Il porta sa paume à ses lèvres et y déposa un baiser doux. La seconde d'après, elle lâcha un petit cri en sentant qu'il pinçait sa peau sensible entre ses dents.

— La prochaine fois, déclara-t-il.

Un signal d'alarme retentit en elle, strident et frénétique, mais Anika l'ignora.

Oh ! pas maintenant...

Lentement, Nicholas s'enfouit en elle. En entendant qu'elle ravalait son souffle, il s'immobilisa.

— Je te fais mal ?

— Non. C'est juste que... tu es long, répondit-elle en lui agrippant les épaules.

Il couvrit ses lèvres d'un baiser léger, tâchant de soulager sa tension par de nouvelles caresses. Peu à peu, il l'emplit complètement, et le corps d'Anika se resserra autour de lui.

— Doucement, *bhrèagha*, l'avertit-il avec une pointe d'accent écossais.

— Dans ce cas, où est le plaisir ?

Nicholas esquissa un sourire diabolique.

— Tu as raison.

Là-dessus, il se mit à bouger en elle. Anika savoura ses mouvements amples et puissants. Elle lui agrippa les hanches pour l'inviter à accélérer la cadence. Bientôt, des sensations torrides montèrent en elle, électrisant tout son être.

Une main dans ses cheveux, il articula son nom d'une voix sourde avant de la bâillonner d'un baiser ardent au moment où elle basculait dans l'extase. Il la rejoignit un instant plus tard, le corps tendu comme un arc, et son cri déchira le silence de la chambre. Après quoi, il s'abattit sur elle, mêlant son souffle au sien.

— Je t'écrase sous mon poids, murmura-t-il un peu plus tard.

Anika secoua la tête, trop grisée pour seulement ouvrir les yeux. Combien de temps restèrent-ils ainsi, leurs corps enchevêtrés et moites, tandis que les doigts de Nicholas dérivaient sur sa peau ? Elle n'aurait su le dire. Ses caresses étaient faussement légères. Chacune d'elles gravait quelque chose dans son cœur, avivant une faim beaucoup plus profonde et plus terrifiante que le désir qu'elle venait d'assouvir.

— Je reviens tout de suite, déclara-t-il en se levant pour gagner la salle de bains.

L'air frais remplaça le corps chaud de Nicholas. Au lieu d'agir comme un baume bienfaisant sur sa peau surchauffée, la sensation fut comme un réveil brutal. Anika prit alors conscience de ce qu'elle venait de faire.

Et surtout avec qui !

Elle roula hors du lit en s'enveloppant du drap et se dirigea vers la baie vitrée. Le chaos de la tempête rappelait l'ouragan qui tourbillonnait dans sa poitrine. S'il n'y avait eu que le plaisir physique, cela aurait été plus facile. Même après les orgasmes incroyables que Nicholas lui avait donnés, elle aurait pu partir sans un regard en arrière.

La pluie cinglait les vitres. Elle ouvrit la porte du balcon et aspira une bouffée d'air. Au-delà des palmiers agités par le vent, elle distinguait les vagues déchiquetées bordées d'écume.

Elle soupira. Seulement, ça n'avait pas été un simple épisode sexuel. Pas après qu'elle avait eu un aperçu du passé terrible de Nicholas et de l'homme qu'il était devenu malgré son deuil. Pas quand il l'avait choyée avec une tendresse inattendue, avant de réclamer son corps avec des baisers passionnés. Et la lueur qui avait brillé dans son regard avait exprimé quelque chose de plus profond qu'un désir purement charnel.

Bah, tu t'imagines des trucs...

Elle sentit sa présence avant qu'il pose les mains sur ses épaules.

— Qu'y a-t-il ? demanda-t-il en l'attirant contre lui.

Anika se raidit.

— Rien.

— Menteuse.

L'accusation portée par un murmure ne contenait aucune menace, mais elle n'en était pas moins exacte. Anika voulut s'écarter et se cacher, mais c'était se comporter en lâche.

— Je n'imaginais pas que nous finirions au lit, toi et moi, avoua-t-elle enfin. C'est... déstabilisant.

Il fit glisser le drap de ses épaules.

— À cause du contrat ? s'enquit-il en posant un baiser sur son cou.

— En partie, oui, dit-elle en s'efforçant de garder un ton ferme. Mais il y a aussi le fait que nous ne sortons pas ensemble. Je n'ai jamais couché avec un homme en dehors d'une relation sentimentale.

Il resserra légèrement son emprise sur ses épaules.

— Oh ! vraiment ?

Anika pivota pour lui faire face et réalisa qu'il était entièrement nu. Ignorant le frisson qui la parcourait, elle poursuivit :

— N'essaye pas de jouer au macho. Tout ça, parce que je n'ai eu qu'un seul amant, alors que tu fais le coq depuis des années !

Il arqua un sourcil.

— Un coq ?

Anika baissa les yeux vers sa virilité avant de reporter son attention sur ses traits.

— Oui, et la comparaison est appropriée, dit-elle avec une pointe de mépris. Tu me fais penser à ce volatile qui se pavanait dans notre cour, dans le Missouri.

— Dois-je me sentir flatté ou insulté ?

— Les deux. Un coq s'accouple dix à trente fois par jour.

— Waouh ! Ça me paraît épuisant.

— J'imagine que c'est le genre de vie que tu mènes.

Le visage de Nicholas s'assombrit. D'une main, il l'attira fermement contre lui. Leurs corps s'épousaient parfaitement, et Anika frémit sous l'effet d'une dangereuse excitation.

— Je ne suis pas un moine, c'est vrai, mais même dans ma période la plus... active sexuellement je ne couchais pas avec une femme différente chaque soir ni chaque semaine. Si je déjeune avec une connaissance ou une collaboratrice, la presse people raconte qu'elle fait partie de mon harem. Cela fait des mois que je ne suis pas sorti avec une femme.

— Alors, cette aventure aux Caraïbes avec ton ex, c'était en souvenir du bon vieux temps ? répliqua-t-elle avec une pointe d'agressivité.

Il leva les yeux au ciel en souriant.

— Eh bien, Pierce, je crois vraiment que tu es jalouse.

— C'est faux ! lança-t-elle en réalisant avec horreur que c'était pourtant le cas.

Le sourire de Nicholas disparut.

— Ce n'est pas grave, tu sais. Moi-même, j'ai failli jeter Adam par-dessus bord, parce qu'il osait t'approcher de trop près. La pensée que quelqu'un t'embrasse et te touche comme je viens de le faire me rend fou.

Un autre frisson la secoua, profond et délicieux, qui l'atteignit jusqu'au cœur de sa féminité.

— Pourquoi ? murmura-t-elle.

— Je n'en sais rien, dit-il en butinant ses lèvres, une caresse destinée à tester son contrôle. J'analyserai ça plus tard. Pour l'instant, je veux seulement faire ceci.

Il arracha le drap qui la couvrait. Choquée et excitée à la fois, Anika se tenait devant la vitre ouverte, et la pluie mouillait son dos nu.

Nicholas encadra son visage de ses mains et l'embrassa durement comme pour s'assurer qu'elle n'oublierait jamais ce moment. Tout en pillant sauvagement l'intérieur de sa bouche, il la força à s'abaisser sur le sol.

Le séducteur tendre et doux avait disparu. Mais c'était ce dont elle avait besoin, constata-t-elle. Du sexe pur, sans aucune délicatesse qui puisse inviter son cœur dans l'équation.

Juste une fois encore... Pour l'écarter ensuite pour de bon.

Il s'agenouilla et voulut la chevaucher. C'était hors de question. À partir de maintenant, elle aurait le dessus, se dit-elle, déterminée. Sans plus attendre, elle le repoussa et, profitant de sa surprise, elle plaqua les paumes sur son torse et le fit rouler sous elle. À califourchon sur ses hanches, elle le domina, un sourire aux lèvres.

Un instant désarçonné, Nicholas eut tôt fait d'accepter la situation, car une lueur d'admiration brilla dans ses prunelles. L'instant d'après, il lui agrippa les cuisses.

Consciente de son pouvoir, Anika enroula les doigts autour de sa virilité, et ce contact brûlant lui coupa le souffle. Le désir irrésistible de le sentir en elle la fit tressaillir au-dessus de lui.

— Préservatif, dit-il d'une voix sourde. Sur la table d'appoint.

Dieu merci, l'un d'eux avait gardé suffisamment de bon sens. Anika se leva et s'empara de la boîte. Dès qu'il eut enfilé la protection, elle reprit sa place et s'abaissa sur son sexe érigé.

La respiration sifflante, Nicholas lui enserra les cuisses, l'incitant à s'abaisser davantage. Mais, décidée à le faire languir, Anika résistait, se dégageait presque complètement avant de s'affaisser de nouveau. Chaque élan lui décochait des ondes de plaisir. En même temps, elle se délectait à la vue du désir frustré de Nicholas.

La pluie froide dans son dos intensifiait ses sensations, la rendant plus sauvage et plus décomplexée qu'elle ne l'avait jamais été.

D'instinct, ils accordèrent leur rythme, et Nicholas mêla ses gémissements aux siens. Il cueillit ses seins dans ses paumes, et ses caresses avides l'incitaient à bouger de plus en plus vite, à la recherche de cette apothéose incroyable où il l'avait menée deux fois déjà.

Ils l'atteignirent ensemble. Étourdie, Anika s'effondra sur lui, goûtant la chaleur exquise de son étreinte.

Dehors, la tempête faisait rage.

Anika cligna les yeux dans le soleil qui entrait à flots par les baies vitrées. Elle roula sur le côté, puis se redressa en sursaut en découvrant le visage souriant de Nicholas.

— Qu'est-ce que... ? Oh !

Sa voix mourut sur ses lèvres, tandis que les souvenirs de la nuit lui revenaient en mémoire.

— Bonjour à toi aussi.

Nicholas se souleva à son tour et pressa un baiser doux sur ses lèvres.

— Hmm... Je ne voulais pas m'endormir ici, dit-elle en s'empourprant. Désolée...

— Ne te cache pas de moi, Anika. Pas après ce que nous avons partagé.

— Pardon ? s'exclama-t-elle, l'irritation prenant le pas sur sa gêne.

— J'ai toujours su que tu étais une force avec laquelle il fallait compter, dit-il en enveloppant son corps nu d'un regard fasciné. Mais la femme que j'ai vue cette nuit était absolument incroyable.

Qu'était-elle censée répondre quand il était tout près d'elle, vêtu seulement d'un caleçon noir, les joues ombrées d'une légère barbe ? Anika brûlait de sentir leur rugosité sous ses doigts.

— Merci, répondit-elle enfin.

— De rien. J'ai commandé le petit déjeuner. Nous devons parler.

Un sentiment de crainte s'insinua en elle. Elle détourna les yeux.

— Ah ! bien sûr. « Nous devons parler », les trois mots que toute femme aime entendre, dit-elle d'un ton cynique.

— Anika...

La sonnerie de son téléphone retentit, et Nicholas étouffa un juron.

— Juste un moment, lâcha-t-il avant de sortir du lit et de passer sur le balcon, le téléphone collé à l'oreille.

Restée seule, Anika exhala le souffle qu'elle n'avait même pas eu conscience de retenir. Repérant son peignoir et sa chemise de nuit drapés sur une chaise, elle se leva et s'habilla en hâte.

En nouant la ceinture du peignoir autour d'elle, elle laissa échapper un soupir de soulagement. Habillée, elle se sentait plus maîtresse d'elle-même, comme si elle revêtait une armure pour se préparer à livrer bataille contre son ennemi.

Sauf qu'à un moment donné Nicholas avait cessé d'être l'adversaire. Elle se mordit la lèvre inférieure et jeta un coup d'œil vers le balcon. Il se tenait devant la rambarde, la tête levée vers le ciel, les épaules rejetées en arrière dans une attitude assurée.

Oh là là… Elle se sentait près de défaillir. Jamais la vue du dos nu d'un homme ne lui avait fait cet effet.

Mais ce n'était pas seulement à cause de son physique impressionnant ni de cette nuit torride qu'il lui avait offerte. Au cours de la soirée, il avait apprécié le spectacle de hula et lui avait parlé de la tragédie qui avait marqué son enfance. Et cela l'avait rendu plus humain.

À présent, il marchait de long en large sur le balcon en ébauchant des gestes larges pour accompagner ses paroles.

N'oublie pas qu'il est toujours aussi arrogant et qu'il n'attend pas les mêmes choses que toi.

Non, elle n'oubliait rien. Aller au-delà de ce qu'ils avaient partagé la nuit précédente était absolument impossible. Récemment encore, cette idée lui aurait fait rouler des yeux effarés, et elle aurait remercié le ciel de n'être pas le genre de femme qui intéressait Nicholas Lassard. Mais maintenant cela la rendait triste.

Anika détourna le regard du balcon. « Nous devons parler », avait-il dit. Et de quoi voudrait-il discuter avec elle sinon de l'auberge ? Ce qui s'était passé au cours de la nuit l'avait-il fait changer d'avis ? Avait-il fini par accepter son refus ? S'apprêtait-il à la respecter comme cheffe d'entreprise ?

L'odeur du café pénétra sa rêverie. Elle respira profondément en se dirigeant vers la jolie table dressée qui occupait un coin de la pièce. Avec un soupir de contentement, elle prit la cafetière et commença à se servir une tasse. Presque immédiatement elle faillit renverser le café sur la table.

Une enveloppe était posée sur la nappe avec ces mots écrits au feutre noir :

Proposition d'achat de l'auberge Zvonček

Sous le choc, Anika reposa la cafetière d'une main tremblante. Elle était en proie à une foule d'émotions contradictoires. Il y avait de la colère, certes, mais c'était la peine qui dominait en elle, la laissant horriblement blessée et humiliée. Avait-il passé la nuit avec elle dans le seul but de la rendre plus réceptive à sa proposition ?

Cette pensée lui donna la nausée. C'était exactement ce dont elle l'avait accusé la veille au soir sur la piste de danse, se rappela-t-elle.

« Je n'utilise pas le sexe pour obtenir ce que je veux. » Telle avait été sa réponse. Et il avait eu un air si farouche en affirmant cela qu'elle s'était sentie coupable d'avoir fait cette suggestion.

Une autre de ses paroles tournait inexorablement en boucle dans son esprit. « Je ne perds jamais », avait-il déclaré lors de sa présentation.

Elle lui avait dit à plusieurs reprises qu'elle refusait de vendre, mais cela ne l'avait pas arrêté. Il n'en avait rien à faire de ce qu'elle pensait. Quel sale égoïste !

La colère prenait le dessus à présent, et elle s'y accrocha, cherchant à protéger son cœur meurtri. Bon sang ! Elle avait baissé la garde la veille, laissant la solitude et le désir guider sa conduite. Bien qu'elle ait essayé de s'en tenir à un semblant de raison, elle n'avait pas réussi à contenir ses émotions.

Finalement, songea-t-elle dans un sursaut, c'était la meilleure chose qui puisse lui arriver. Elle avait besoin de ça pour ouvrir les yeux et se souvenir qu'une relation entre elle et un homme comme Nicholas Lassard était absolument impossible.

Là-dessus, Anika courut vers la porte et sortit de la suite.

7

Sept semaines plus tard

Anika tapota nerveusement l'accoudoir du fauteuil design disposé devant la cheminée de marbre. Jamais elle ne se serait imaginée assise dans le hall luxueux de l'Hôtel Lassard. Mais jamais elle n'avait imaginé non plus danser avec Nicholas, coucher avec lui et...

Son cœur se serra. Elle attendait l'enfant d'un homme qu'elle avait détesté au début et qui lui avait fait connaître un plaisir inouï. Un homme qui l'avait séduite, alors même qu'il cherchait à s'approprier le seul bien qui lui restait de sa famille !

Ce n'était pas tout à fait exact, admit-elle à contrecœur, tout en fixant le feu de cheminée. Non seulement elle avait consenti à cette séduction, mais elle y avait contribué avec enthousiasme.

Elle soupira. Elle n'avait pas revu Nicholas depuis le matin où elle avait quitté sa suite. Elle avait pensé qu'il viendrait frapper à la porte de sa chambre pour lui demander des explications. Au bout d'une heure, elle avait jeté un coup d'œil à son téléphone, ne sachant plus si elle espérait ou non son appel. Au fil des heures, son silence avait confirmé ce qu'elle savait déjà : ce qu'ils avaient partagé resterait une aventure sans lendemain, qu'il ait couché avec elle pour la persuader de signer le contrat ou non. Il n'avait pas eu l'intention de la poursuivre.

Et c'était une bonne chose ! avait-elle pensé en se hâtant de faire sa valise et de changer son horaire de vol.

Oui, la nuit avait été fantastique, mais il n'y aurait pas d'autres fois.

Il n'empêche que dans la semaine qui avait suivi son retour à Bled, chaque fois que son portable avait sonné, son cœur avait manqué un battement. Et chaque fois elle avait dû ravaler sa déception en constatant que ce n'était pas lui qui l'appelait.

Elle s'était donc jetée à fond dans le travail, mettant en œuvre les idées qui avaient été présentées lors du congrès. Comme les nouvelles plates-formes en ligne pour faire connaître son établissement ou l'ajout de frais de réservation non remboursables. Cette dernière innovation l'avait mise mal à l'aise au début. Pourtant, ça n'avait pas dissuadé les touristes de réserver leur séjour à l'auberge Zvonček. Les petites sommes encaissées lui avaient permis d'embellir certaines chambres. Des améliorations modestes, comme l'achat de linge de nuit ou l'embauche d'un artisan local pour la peinture des murs, mais petit à petit elle pourrait s'en sortir.

Nous, songea-t-elle en baissant les yeux vers son ventre encore plat. *Nous nous en sortirons.*

Elle avait pris conscience de quelque chose de différent en elle juste avant Noël. Jusque-là, elle avait mis sa fatigue sur le compte de son travail acharné et de ses nuits agitées quand des rêves de Nicholas venaient la hanter. Puis les nausées l'avaient assaillie, et elle avait pensé à un virus passager. Ce n'est que le lendemain de Noël, en sentant ses seins gonflés et lourds, qu'elle avait brusquement réalisé. Une visite chez le médecin avait confirmé qu'elle était enceinte.

Anika ferma les yeux et soupira. Elle avait toujours voulu être mère. Elle s'était juste imaginé que cela viendrait avec le mariage, quand elle épouserait un homme qu'elle aimerait et qui l'aimerait en retour. Et pas après une aventure d'une nuit avec un don Juan international !

Elle avait passé toute une semaine à essayer d'arrêter une décision. D'un côté, elle refusait d'annoncer la nouvelle à Nicholas. N'avait-il pas dit clairement qu'il n'avait pas l'intention de fonder une famille ? Or, si elle le mettait au courant, cela forgerait un lien entre eux que rien ne pourrait rompre. Pire, l'enfant et elle feraient partie de son existence, même s'il n'était pas physiquement présent. Cela revenait à affronter le désordre, l'attention constante des médias, les autres femmes qui défileraient dans sa vie... Non, merci !

D'un autre, elle ne pouvait s'empêcher de penser à sa mère puis à Babica, qui lui avaient inculqué la franchise et la droiture. Garder un tel secret allait à l'encontre de l'éducation qu'elle avait reçue. Surtout, elle voulait être honnête envers son enfant. Si un jour il lui demandait si elle avait prévenu son père de sa naissance, elle pourrait lui répondre par l'affirmative en le regardant droit dans les yeux.

Une recherche en ligne lui avait appris que Nicholas était à Dubaï, et les quelques photos qu'elle avait trouvées l'avaient montré seul ou en compagnie de collègues. Cependant, un article mentionnait que le beau Nicholas Lassard, héritier de l'empire du même nom, rentrait en Slovénie, où il allait superviser la dernière phase de travaux de son palace du lac de Bled. Anika avait aussitôt appelé la réception. On lui avait confirmé l'information. Plus tard, l'employée de l'accueil l'avait rappelée pour lui dire que M. Lassard la recevrait à 19 heures.

Anika ébaucha un sourire bref. Même si une partie d'elle-même était terrifiée à la perspective de ce face-à-face, une autre, plus mesquine, attendait avec impatience de voir le choc sur son visage quand elle lui apprendrait la nouvelle.

Un frisson sur la nuque l'alerta soudain. Elle rouvrit les paupières et découvrit Nicholas appuyé contre la cheminée dans une pose nonchalante. Il était vêtu de noir. Un léger sourire étirait ses lèvres pleines, et il la fixait de son regard d'un bleu profond avec une intensité destinée certainement à l'intimider.

— Tiens, tiens... Je n'aurais jamais pensé qu'un jour tu mettrais les pieds dans mon hôtel, déclara-t-il d'une voix traînante.

Anika prit une profonde inspiration.

— Moi non plus, je n'aurais jamais cru que ce jour arriverait.

— Bienvenue.

Il souriait toujours et parlait d'un ton agréable. Mais il était réservé et distant, nota Anika.

— Merci, dit-elle en jetant un regard autour d'elle. C'est charmant.

De nouveau, elle contempla les lustres en cristal Swarovski, les fenêtres immenses qui donnaient sur l'allée circulaire et la fontaine dont les jets d'eau jailliraient au printemps.

— Oui, ça l'est, répondit-il en prenant place dans un fauteuil auprès d'elle. Franchement, Anika, après la façon dont tu m'as quitté à Kauai, je suis très surpris de te voir.

Il envahissait son espace tout à coup, et elle voulait détourner les yeux. Mais elle avait quelque chose à lui annoncer. Aussi se força-t-elle à soutenir son regard.

— J'aurais pu au moins te dire au revoir, admit-elle. Ce n'était pas professionnel de ma part.

Sa façade souriante parut se fissurer, et une vague de colère le saisit.

— Pas professionnel ? Tu ne sortais pas d'une réunion d'affaires, que je sache ! Tu as disparu sans même un mot d'adieu après que nous avons couché ensemble.

— Plus bas, s'il te plaît, murmura-t-elle.

D'un coup d'œil, elle s'assura que personne n'était assez près pour entendre leur conversation.

— Peur de ce qu'on pourrait penser de toi si on apprenait que tu as succombé à mes charmes ?

— J'ai vu le contrat, Nicholas.

Constatant que cette information ne semblait pas le troubler le moins du monde, Anika serra les poings.

— Le contrat concernant mon auberge. Tu attendais peut-être que je m'habille pour me tendre un stylo et me faire signer ?

Elle vit ses traits se crisper.

— C'est ce que tu penses ?

— Difficile de penser autrement ! Tu l'avais laissé exprès sur la table du petit déjeuner.

Il se renfonça dans le fauteuil et regarda longuement les flammes dans la cheminée.

— Oui, j'avais emporté le contrat à Kauai, dit-il enfin. J'avais prévu d'employer une partie du séjour à te convaincre de vendre. Je l'avais consulté avant de descendre sur la terrasse, ce soir-là. Je l'ai laissé sur la table en sortant. Je ne savais pas que je te ferais monter dans la suite et je n'avais pas non plus l'intention de te parler de ça, ce matin-là.

Confuse, Anika le dévisagea avec attention. Disait-il la vérité ? Avait-elle mal interprété toute cette situation, en réagissant comme une adolescente lors de son premier béguin ?

— Cependant, puisque tu abordes le sujet, nous avons des affaires en suspens dont nous devons discuter, déclara-t-il.

La fureur s'empara d'elle. *Quel mufle !*

— Non, pas du tout ! Pas en ce qui concerne mon auberge.

— Alors, quel est ton projet, Anika ? Tu comptes vraiment gérer seule ton auberge ? Peu importe ce que tu penses avoir appris lors de la conférence, ça ne la sauvera pas.

— J'ai déjà constaté une hausse des réservations, rétorqua-t-elle. J'ai apporté des améliorations, et mon affaire est davantage présente sur Internet. Les progrès sont lents, mais j'avance et je continuerai à le faire. Seule !

— Pour combien de temps ? La maison est à deux doigts de s'effondrer.

— Alors, pourquoi la veux-tu au point d'être prêt à payer le triple de sa valeur actuelle ? Tout ça est très logique, en effet !

— Si tu voulais bien arrêter d'être si têtue, tu accepterais l'aide que je t'offre.

Anika renversa la tête en arrière et lâcha un rire cynique.

— C'est ce que tu appelles une « aide » ? Racheter l'auberge qui est dans ma famille depuis plus de cent ans pour la raser et en faire une réplique de la monstruosité que tu as érigée ici ?

Le regard de Nicholas s'assombrit.

— Doucement, Anika. Je suis fier de ce que j'ai construit.

La colère la quitta aussi instantanément qu'elle avait surgi. Ce n'était pas ainsi qu'elle avait prévu cette conversation.

— Je ne suis pas venue pour me disputer avec toi, Nicholas.

Elle jeta un coup d'œil autour d'elle, au moment où un couple traversait le hall. Car, avant l'ouverture officielle, Nicholas accueillait quelques clients privilégiés. L'homme portait un élégant costume noir, et la femme une robe violette griffée qui avait dû coûter un prix exorbitant.

Consciente de son manteau râpé et de son pantalon acheté dans une friperie, Anika se leva.

— Un endroit où nous pourrions parler en privé ?

Il laissa échapper un soupir, ce qui ne fit qu'accroître la tension qu'elle ressentait.

— Très bien, allons dans mon bureau.

Anika s'apprêtait à le suivre, quand brusquement une nausée l'envahit. Elle se figea, en proie à une angoisse qui l'empêcha presque de respirer.

— Je... J'ai changé d'avis. Je suis désolée.

Là-dessus, elle se détourna. Oh non ! Elle n'allait pas être malade. Pas ici ! Après cette confrontation pénible qu'ils venaient d'avoir, elle avait besoin de prendre du recul. Elle verrait Nicholas une autre fois.

Elle avait à peine fait trois pas vers la sortie qu'elle fut saisie de vertige et se mit à vaciller. La fatigue, le manque de nourriture, la nervosité qu'elle avait éprouvée à l'idée de parler à Nicholas, tout cela s'abattait sur elle en même temps.

En une seconde, Nicholas enroula un bras autour de sa taille.

— Que fais-tu ? s'exclama-t-elle, prise de panique à ce contact.

— J'ai eu l'impression que tu étais sur le point de t'évanouir.

D'une main ferme, il la guida à travers le hall.

— Pas la peine de me soutenir. Je peux très bien marcher toute seule !

— Tu allais t'effondrer, Anika.

Anika leva les yeux vers lui, surprise de ce ton hargneux. Que s'était-il passé au cours des semaines qui s'étaient écoulées depuis leur séparation ? Où était l'homme rieur qui croquait la vie, un sourire insouciant aux lèvres ?

— Je n'ai pas besoin que tu me traites comme ça, lâcha-t-elle par bravade.

C'était puéril, elle en convenait, mais elle trouvait plus facile de se quereller avec lui que d'imaginer sa réaction quand il apprendrait la nouvelle.

— Vu que tu as une fâcheuse tendance à ne pas t'écouter et à travailler jusqu'au point de t'écrouler, je prends les choses en main, déclara-t-il. Je vais m'assurer que tu te reposes avant que nous parlions.

— J'ai dit que je ne voulais pas discuter ce soir.

— Dis ce que tu veux, mais tu ne sortiras pas d'ici avant de t'être reposée, répondit-il sans mâcher ses mots.

Anika serra les dents quand il l'entraîna derrière la réception sous le regard écarquillé de l'employée. Puis ils passèrent dans son bureau.

Nicholas ferma la porte et l'escorta jusqu'au canapé. Anika jeta un regard circulaire à la pièce, notant le salon en cuir et les murs ivoire. Cette teinte reflétait le paysage hivernal de l'autre côté des grandes baies vitrées.

Il contourna son immense bureau en acajou et prit place dans son fauteuil, tournant le dos au lac gelé.

Si elle avait pensé que le moment le plus redoutable serait de lui parler du bébé, elle avait eu tort, se dit Anika. Bien sûr, elle redoutait d'avoir cette conversation avec lui, mais leur dispute dans le hall avait réveillé en elle des émotions qu'il lui avait inspirées à Kauai. Celles-ci la rendaient vulnérable, au point qu'elle se sentait prête à lui faire confiance tout à coup. Elle en arrivait presque à se persuader que Nicholas l'avait séduite parce qu'il avait des sentiments pour elle, et non parce qu'il convoitait son auberge. Elle s'en voulait d'être si faible.

De nouveau, elle balaya la pièce du regard, notant les trophées ainsi que les photos qui le représentaient en compagnie de célébrités. Acteurs, politiciens, P-DG d'entreprises internationales... Ils venaient de deux mondes complètement différents. Cette constatation la ramena à la réalité, et toutes les raisons pour lesquelles elle lui avait résisté en premier lieu assaillirent son cerveau. Il avait affirmé que l'amour ne l'intéressait pas, pas plus que tout ce qu'elle-même désirait dans la vie : une famille, la stabilité...

— Si tu réfléchis davantage, de la fumée va sortir de tes oreilles, dit-il brusquement.

Anika soupira.

— Toujours prompt à faire un compliment !

En le voyant esquisser une moue, elle regretta de ne pas voir sur ses lèvres ce sourire franc et nonchalant qu'il avait eu des semaines plus tôt.

— Je pensais juste que nous étions complètement différents, expliqua-t-elle.

— Ah ! tu crois toujours que je ne suis qu'un enfant gâté qui joue à l'hôtelier pendant que tu t'échines à gagner ta vie ?

C'étaient ces mêmes mots qu'il lui avait lancés sur la jetée d'Hanalei, songea Anika en s'empourprant à ce souvenir.

— Contrairement à cette image de play-boy qui nage dans l'argent que tu as de moi, reprit-il avec une intonation mordante, je me soucie de mes affaires et des gens qui travaillent pour moi.

Anika baissa les yeux. Puis, ravalant sa fierté, elle se força à lui présenter des excuses.

— Je suis désolée.

— Pourquoi me juges-tu si mal ? demanda-t-il en se levant avant de contourner son bureau. Et pourquoi t'es-tu enfuie à Kauai ?

Anika le regarda, à la fois troublée et fascinée par sa haute silhouette qui la dominait.

— Je te l'ai déjà dit, répondit-elle, le souffle court.

Il s'avança vers elle, et elle sentit sa tension croître.

— Alors, pourquoi es-tu ici ? Que veux-tu ?

Dis-lui ! Dis-lui tout, et qu'on en finisse !

Nicholas s'arrêta. Les mains dans les poches, il la toisa. Un peu comme ce soir-là, avant qu'elle tombe dans ses bras, pensa-t-elle, le cœur battant.

— Alors, je t'écoute, lâcha-t-il. On ne va pas y passer...

— Je suis enceinte.

8

Le sang rugissait aux oreilles de Nicholas. Avait-il bien entendu ?

— Veux-tu répéter ? demanda-t-il.

— Je suis enceinte. Et c'est le tien. Je ne suis pas sortie avec un autre homme depuis… notre rencontre.

Il accusa le coup. Son cœur battait comme s'il était sur le point d'imploser. L'incrédulité dominait en lui, mais le choc et une forte dose de peur étaient là aussi, sous-jacents.

Il se souvenait parfaitement de ce jour-là, à Hawaï. Quand il était revenu dans la suite après sa conversation téléphonique sur le balcon et qu'il avait constaté l'absence d'Anika, il avait pensé qu'elle était retournée dans sa chambre pour se changer. Mais les minutes, puis les heures s'étaient écoulées, et il avait dû admettre qu'elle était partie. Elle s'était esquivée en douce, sans même lui dire au revoir.

Ça l'avait horripilé. C'était la première fois qu'une femme le quittait de cette façon. Bien sûr, son orgueil en avait pris un coup, mais le problème avait été plus profond que ça. Sous sa fierté meurtrie, la blessure avait été vive, et cela l'avait convaincu de ne pas lui courir après.

Il ne voulait pas d'une relation de sitôt, surtout depuis son histoire désastreuse avec Susan. Si jamais il envisageait de fréquenter quelqu'un sérieusement, il choisirait une femme qu'il pourrait garder à distance. Pas dans le genre d'Anika qui le troublait trop, au point de le rendre possessif et jaloux, à la limite de l'obsession.

Les jours se changeant en semaines, et sans nouvelles d'elle, il s'était concentré sur son travail. Il avait essayé, du moins. Combien de fois avait-il allumé son portable pour la contacter, lui envoyer un texto ou entendre sa voix ? Chaque fois, il avait reposé le téléphone. Vouloir lui parler et la revoir, c'était aussi inviter un drame inévitable quand viendrait pour eux le moment de se séparer. En le quittant, elle leur avait fait une faveur à tous les deux, finalement. Parce qu'elle l'avait dit elle-même, elle était le genre de femme qui espérait des choses qu'il ne pouvait donner.

Comme un bébé...

Il porta le regard vers son ventre, dissimulé sous une ample chemise grise. Il déglutit péniblement avant de demander :

— Comment est-ce possible ? Nous avons utilisé une protection.

Une légère rougeur monta aux joues d'Anika.

— Oui. Mais rappelle-toi, au milieu de la nuit...

Son esprit était empli de pensées confuses, et Nicholas dut faire un effort pour se souvenir. Tout à coup, l'image s'imposa à lui avec une clarté stupéfiante. Il s'était tourné vers elle, et ils avaient refait l'amour dans un ballet de caresses urgentes et de baisers avides. À un moment, un seul, il s'était enfoui en elle avant de se retirer très vite, en réalisant qu'il n'avait pas mis de préservatif. Ensuite, il s'était protégé pour s'unir à elle.

— Ce n'était qu'un instant, répondit-il.

— C'était largement suffisant.

Il lut une expression distante dans son regard, comme une douleur qu'elle essayait de cacher.

— Si tu le souhaites, je suis prête à te fournir un test de grossesse. Et nous pouvons faire une analyse sanguine pour que tu sois sûr que l'enfant est de toi.

Bizarrement, il ne doutait pas une seconde qu'elle ait dit la vérité. Le temps qu'ils avaient passé à Kauai lui avait permis de comprendre quel genre de femme elle était. Même s'il avait été en colère et terriblement déçu de la manière dont elle l'avait quitté, il ne l'imaginait pas inventer une grossesse pour piéger un homme qu'elle pouvait à peine supporter.

Nicholas revint vers son bureau. Il ressentait le besoin de se raccrocher à quelque chose de familier qui lui donnait le sentiment de garder le contrôle.

— J'apprécie ta proposition. Quelles sont les prochaines étapes ?

— Je vais me rendre aux rendez-vous fixés par mon médecin. Je peux te tenir au courant régulièrement, bien sûr.

— Me tenir au courant ?

Anika fronça les sourcils.

— Tu m'as dit que ça ne t'intéressait pas d'être père ni d'avoir une relation durable. Je ne te demanderai rien.

Une vague de colère le submergea. C'était vraiment ce qu'elle pensait de lui ?

— Je n'ai pas l'intention de rester à l'écart et de continuer ma vie pendant que tu t'occuperas seule de notre enfant.

Il vit la panique envahir ses traits.

— Que veux-tu dire ?

— Je tiens à être impliqué, déclara-t-il.

— Impliqué comment ? Je suis tout à fait capable de m'occuper de cet enfant.

— Ah oui ? Et comment ? Tu peux à peine maintenir ton auberge à flot.

Nicholas regretta aussitôt ses paroles. Il était allé trop loin. Mais Anika ne lui laissa pas le temps de s'excuser.

— Comme je l'ai déjà dit, répliqua-t-elle froidement, depuis mon retour, les réservations pour le printemps ont augmenté de quinze pour cent par rapport à l'année dernière. Ça démarre doucement, mais ça fonctionne.

Elle était si remontée qu'il s'attendait presque à ce qu'elle lui tire la langue. Cela lui chauffa le sang, et bien malgré lui il ressentit un élan d'admiration pour cette femme qui se battait avec ténacité pour conserver son auberge. En même temps, il eut la certitude qu'Anika serait une bonne mère.

Une fois de plus, il laissa le regard dériver vers son ventre. Il n'avait jamais envisagé la possibilité d'avoir des enfants jusque-là, en dépit des allusions insistantes de sa mère depuis quelques années.

Il n'avait que onze ans quand David avait trouvé la mort. Mais cette tragédie avait déterminé sa décision de ne jamais avoir d'enfants. Il n'avait pas été capable de protéger son petit frère âgé de sept ans. Il n'imaginait pas avoir la responsabilité d'un tout-petit dont l'existence reposerait entre ses mains. Même s'il surmontait cette peur, il n'était pas sûr de se remettre de la douleur dans laquelle la disparition de David les avait laissés, lui et ses parents.

Ces derniers avaient fini par triompher du chagrin et de la dépression pour revenir l'un vers l'autre et vers lui. Mais la décennie qui s'était écoulée entre la mort de David et leur réconciliation avait été une longue période de solitude amère. Anéantis par le deuil, ses parents l'avaient abandonné à son sort. Comment réagirait-il en tant que père s'il devait affronter une tragédie pareille ? Ferait-il comme eux ? Cette éventualité l'avait poussé à renoncer à fonder une famille. Un enfant méritait plus que ce qu'il avait à offrir.

Pourtant, maintenant que la situation devenait réelle, quelque chose changeait au fond de lui. Il ne serait peut-être pas capable de donner à un enfant l'amour et le bonheur dont il avait besoin, mais il avait beaucoup de ressources à sa disposition et il était sûr que l'enfant et Anika ne manqueraient de rien. Il leur devait à tous les deux de s'impliquer autant que possible, d'essayer au moins.

— Je sais que c'est inattendu, déclara Anika en se levant. Pourquoi ne pas laisser passer la nuit et en reparler demain ?

Elle devint très pâle tout à coup. Nicholas fut près d'elle en l'espace d'une seconde.

— Ça va ?

— Oui.

Elle lui fit signe de s'éloigner, mais il insista pour qu'elle reprenne sa place sur le canapé.

— Le docteur a dit que tout allait bien, déclara-t-elle. Juste les symptômes habituels du premier trimestre.

— Tu vas rester ici, ce soir. Pas question que tu rentres chez toi, tu es toute pâle.

Comme Anika s'apprêtait à protester, il ajouta :

— Tu dois te reposer, tant pour toi que pour le bébé.

Elle lui jeta un regard étincelant.

— Tu comptes te comporter comme ça pendant les sept prochains mois ? En utilisant le bébé ?

— Oui !

Anika était si surprise qu'elle ne put s'empêcher de rire.

— Je suis trop fatiguée pour discuter.

— Ça tombe bien, les chambres du dernier étage sont fin prêtes. Je t'y conduis.

— Très bien.

Elle devait vraiment se sentir mal pour capituler si facilement, pensa Nicholas.

— Tu as des clients à l'auberge ce soir ?

— Non, pas avant quelques jours.

— Parfait, tu resteras ici.

— Ne me commande pas, Nicholas. D'accord pour ce soir, mais pas question que je reste longtemps ici. Je retournerai chez moi demain.

Il savait aussi faire des concessions. Pour l'instant, du moins.

— Demain, nous prendrons le petit déjeuner ensemble et nous parlerons.

— Parler ! reprit-elle d'une voix qui indiquait qu'elle préférait plonger dans le lac gelé.

— Je te promets de ne pas mordre.

Les mots planèrent dans l'air entre eux. Se souvenait-elle aussi de ce moment torride, quand elle l'avait chevauché ? Elle avait rejeté la tête en arrière, répandant sa glorieuse chevelure dans son dos, elle avait joui. Un instant plus tard, il l'avait rejointe dans l'extase, et ils avaient dérivé ensemble sur la vague du plaisir. Il l'avait ramenée contre lui et l'avait embrassée. Par jeu, il lui avait mordu la lèvre, et Anika avait gémi contre sa bouche...

— D'accord, dit-elle avant de s'éclaircir la gorge. Demain, alors.

Nicholas alla ouvrir la porte et l'invita à le précéder. Il crispa les doigts sur la poignée quand le doux parfum fruité d'Anika lui taquina les narines, au moment où elle passa devant lui.

Il serait loyal envers elle et envers leur enfant, se promit-il. Et cela impliquait de ne pas céder au désir fou qu'elle lui inspirait, de ne pas faire monter l'enjeu émotionnel entre eux.

Il saurait résister. Oui, même si cela le tuait.

9

Anika sursauta en entendant qu'on frappait à la porte.

— J'arrive ! lança-t-elle avant de jeter un coup d'œil au miroir de la chambre.

Oh là là... Elle avait le teint pâle et les cheveux en désordre. Il faudrait plus qu'un simple coup de brosse, un soupçon de mascara et une touche de baume à lèvres pour qu'elle soit présentable. Nicholas était habitué à côtoyer des femmes glamour vêtues de robes à paillettes et couvertes de diamants. La perspective de le voir en ayant l'air de sortir du lit l'effarait.

Maudites hormones ! pensa-t-elle en soupirant.

Elle ouvrit. Nicholas se tenait sur le seuil, portant un grand plateau. Sa mine sombre de la veille avait disparu.

— Bonjour. La dernière fois que nous nous sommes vus, nous avons raté le petit déjeuner, déclara-t-il d'emblée.

Anika leva les yeux au ciel à ce rappel.

— Parce qu'en me réveillant après une nuit de sexe j'ai trouvé un contrat sur la table. Forcément, je suis partie.

— Tu aurais pu attendre que nous en parlions, dit-il en déposant son plateau sur la table.

— Je n'avais pas envie de parler. Je me sentais suffisamment embarrassée comme ça.

— Je suis désolé, Anika. Je n'ai jamais voulu te mettre mal à l'aise.

— Eh bien, merci, murmura-t-elle, surprise par ses excuses.

— J'ai une proposition à te faire.

Elle le regarda immédiatement avec méfiance.

— Vu la façon dont j'ai réagi à la dernière, et à toutes les autres avant, tu devrais peut-être arrêter les frais, non ?

— Oh ! de simples revers temporaires, répliqua-t-il en haussant les épaules. Mais tu devrais aimer celle-ci.

— Toujours aussi arrogant.

— Voilà, dit-il sans relever son commentaire. Je propose que nous mettions le sujet de l'auberge de côté, puisque nous avons une question plus urgente à régler.

Bien que cela lui coûte de l'admettre, Anika était favorable à cette idée. Discuter de la façon dont ils s'organiseraient pour l'arrivée du bébé lui semblait plus important que tout le reste, d'autant que Nicholas n'avait pas l'intention de la laisser décider seule, apparemment.

Il attrapa une chaise qu'il lui présenta, et elle y prit place, tandis qu'il soulevait la cloche d'argent. Au lieu de ressentir un haut-le-cœur, elle regarda avec gourmandise les fruits frais, les œufs frits, le pain grillé. Pour la première fois depuis deux semaines, elle se sentait une faim de loup.

— Je ne savais pas trop ce que tu voudrais manger, déclara-t-il. J'ai entendu dire que les premiers mois de grossesse sont parfois problématiques.

Anika étala un peu de confiture sur un toast beurré et en croqua une bouchée. Oh ! c'était délicieux ! songea-t-elle en fermant les yeux.

Rouvrant les paupières, elle réalisa que Nicholas avait le regard rivé sur sa bouche.

— Tout va bien ? s'enquit-elle avec nervosité.

— Tu as un peu de confiture... juste ici.

Et, se penchant vers elle, il essuya sa lèvre du pouce. Ce geste intime la fit rougir.

Bon sang ! Tu es en train de te ridiculiser. Si ça se trouve, la nuit à Kauai a suffi à calmer son ardeur.

— Dis-moi tout ce que tu sais au sujet du bébé, souffla-t-il.

Elle se ressaisit immédiatement. Il se montrait responsable. Elle devait lui répondre de la même façon.

— La naissance est prévue début août. Il y a quelques jours, le médecin a capté ses battements de cœur. Dans deux semaines, j'irai faire une échographie et je pourrai le voir.

Baissant les yeux, elle ajouta :

— Tu es le bienvenu à ce rendez-vous.

— J'aimerais être là.

Anika prit une profonde inspiration.

— Nicholas... je ne dis pas que tu n'as pas le droit de t'impliquer. Simplement, ce n'est pas ce à quoi je m'attendais après les conversations que nous avons eues à Hawaï.

— Normal, reconnut-il. Mais je veux participer, au moins dans une certaine mesure. Ça ne me plaît pas d'être cantonné au seul rôle de banquier.

Elle se raidit.

— Je n'ai pas l'intention de venir te réclamer de l'argent.

— Non, mais je tiens à m'assurer que vous ne manquerez de rien, toi et le bébé. Et ce n'est pas négociable.

Elle aurait voulu argumenter, mais elle avait suffisamment de bon sens pour admettre qu'elle ne pourrait pas subvenir à ses besoins et à ceux du bébé avec les faibles revenus qu'elle tirait de l'auberge.

— D'accord, répondit-elle à contrecœur. Mais pas de sommes extravagantes. Je ne voudrais pas que notre enfant pense plus tard que je me servais de son père.

— Je sais. Quelle que soit mon implication, j'y veillerai aussi.

— Merci. Y a-t-il vraiment autre chose à dire ? Une fois que le bébé sera là, il sera toujours temps d'organiser un planning pour les visites. Peut-être en fonction de tes déplacements...

— Que fais-tu de nous ?

— Nous ? reprit-elle, interloquée. Il n'y a pas de « nous ». C'était une aventure d'un soir, et maintenant nous allons avoir un bébé. Point.

En dépit de ses paroles, elle se prit à rêver d'une tout autre histoire entre elle et Nicholas. Si seulement ils n'étaient pas aussi différents ! se dit-elle, le cœur serré.

— Non, ça ne s'arrête pas là, Anika. Pour nous et pour l'enfant, c'est juste le début. Nous devons réfléchir à l'avenir et à la façon d'établir une relation.

— Tu ne m'as pas écoutée ? demanda-t-elle, sentant la frustration l'envahir. Il n'y a pas de relation qui tienne !

Bon sang, à quoi jouait-il ? D'abord, il voulait être impliqué dans la vie du bébé. Et maintenant, faire partie de la sienne ?

— Il faudra bien une certaine entente entre nous, si nous voulons instaurer un bon équilibre autour de notre enfant, expliqua-t-il. En plus de l'aider à grandir, je veux connaître sa mère.

Anika se raidit, au bord de la panique. Elle ne pouvait pas l'autoriser à prendre plus de place que nécessaire dans sa vie. Ce serait beaucoup trop dangereux.

— Et cela nous mènera où, exactement ? s'enquit-elle, sur la défensive. Nous ne sommes pas faits l'un pour l'autre. Je ne nous vois pas dans une relation durable, nous marier, rien de tout ça. Et vivre ensemble pour le bien du bébé, non, jamais ! En plus, tu voyages tout le temps.

— J'ai prévu de rester à Bled jusqu'à début février pour superviser les derniers travaux et assister à l'inauguration officielle. Comme il s'agit de l'hôtel le plus récent, j'y viendrai au moins une fois par mois au début.

Et c'était censé la rassurer ? Il allait constamment s'immiscer dans son existence paisible. Elle qui pensait qu'après l'ouverture de l'hôtel il s'en irait développer quelque nouveau projet à l'autre bout du monde...

— Pendant que je suis ici, reprit-il sans paraître s'apercevoir de son trouble, j'aimerais que nous passions du temps ensemble. Pour mieux nous connaître.

— Tu ne me connais pas déjà suffisamment ?

Il arbora un sourire diabolique.

— Je ne dirais pas non à une répétition de notre expérience hawaïenne. Mais, plus sérieusement, nous ne savons pas grand-chose de nos parcours respectifs.

Anika s'empourpra au rappel de « l'expérience hawaïenne ». Mais il avait raison sur un point. Même si elle portait son enfant, elle ne savait presque rien de lui en dehors des quelques confidences qu'il lui avait faites – et de ce que la presse people rapportait à son sujet !

— Soit. Que proposes-tu pour remédier à ça ?

— Commençons par un dîner demain soir. Il y a un restaurant réputé au bord du lac, que je me suis promis d'essayer. Je verrai si je peux l'ajouter à la liste des activités touristiques à recommander à la clientèle.

— Un déjeuner, dit-elle.

— En quoi est-ce différent ?

Un dîner ressemblerait trop à un rendez-vous galant...

Elle ne voulait pas penser à lui de cette façon. Elle rejetait formellement ce qui pourrait la ramener au bord du gouffre émotionnel où il l'avait placée cette nuit-là, à Hawaï. « Anika, tu es exceptionnelle », avait-il murmuré. Des mots ensorcelants qui avaient failli la faire chavirer dans quelque chose de plus profond et de plus dangereux qu'une simple aventure sexuelle.

— C'est ce qui m'arrange le mieux, répondit-elle en soutenant son regard.

— Un déjeuner, donc. Pour cette fois.

Anika sentit le rouge lui monter aux joues, tandis qu'elle avait la désagréable impression qu'il lisait dans ses pensées.

Nicholas contempla l'eau paisible à travers la baie vitrée du restaurant. C'était ce qu'il appréciait le plus à Bled : les vues constantes sur le lac. Avec le château sur la rive, l'église nichée au milieu de l'île et les Alpes montant la garde au loin, c'était le cadre romantique par excellence.

Même s'il avait visé jusque-là des mégapoles avant-gardistes comme Tokyo, Londres ou New York, il avait toujours eu dans l'idée d'implanter des hôtels dans des petites cités de charme. Des sites comme Bled, qui avaient plus à offrir que des restaurants étoilés ou des musées prestigieux. Ici, la beauté sauvage lui rappelait les escapades familiales en Écosse avant la disparition de David, au temps du bonheur. Il avait donc fait bâtir un hôtel dans ce décor évocateur, et le voir prospérer était devenu le but le plus important de sa vie.

Mais ce n'était plus sa priorité, pensa-t-il en reportant son attention sur la jeune femme assise en face de lui. Elle avait rassemblé sa chevelure brune en un chignon assez lâche sur la nuque, ce qui mettait en valeur ses pommettes hautes et ses grands yeux d'un brun doré. Elle portait un chemisier blanc, fermé par une rangée de boutons nacrés, et une jupe grise. Une tenue de matrone qu'il aurait critiquée s'il n'avait pas connu la silhouette divine qu'elle dissimulait. Il brûlait de déboutonner son haut trop sage et de couvrir sa peau de baisers. Ce désir devint si fort tout à coup qu'il crispa les doigts autour de sa tasse de café.

Du calme !

À en juger par la réaction qu'elle avait eue la veille, Anika n'était pas prête à se glisser dans son lit. Mais elle ressentait toujours de l'attirance pour lui. Une lueur d'intérêt brillait dans son regard, et la teinte rose qui colorait ses joues était révélatrice.

Seulement, elle était déterminée à le tenir à distance, et le plus loin possible de préférence.

Elle n'avait pas été enchantée qu'il veuille être présent dans la vie du bébé, mais elle l'avait accepté, et il lui en était reconnaissant. Si elle avait refusé, il n'aurait pas hésité à mettre tout en œuvre pour obtenir qu'elle lui accorde la place qui lui revenait. Restait à savoir quelle place il comptait occuper. Il était conscient de ses responsabilités et entendait les assumer. Mais en serait-il capable ? Voilà la question à laquelle il aurait à répondre au cours des prochains mois. Plus il y songeait, plus il réalisait que son approche initiale, qui consistait à verser de l'argent et à faire acte de présence à l'occasion, n'était pas plus honorable que celle de son père. Henry Lassard avait jeté ses millions sur le deuil de sa famille, parce que c'était certainement plus facile que de soutenir les siens avec toute la patience que la situation requérait.

Une autre sensation pénible s'était immiscée en lui quand Anika avait déclaré haut et fort qu'elle refusait de l'épouser. Ce qui était parfaitement ridicule, puisque le mariage ne l'intéressait pas. Mais, depuis qu'elle l'avait quitté de façon si brutale à Hawaï, il ne faisait que penser à elle. Elle surgissait dans ses pensées à des moments incongrus, tant elle lui manquait. D'autres fois, il lui en voulait terriblement de l'avoir plaqué de la sorte.

Mieux vaut m'en tenir à la colère, se dit-il. C'était plus facile que de chercher à comprendre comment et pourquoi elle s'était insinuée dans les recoins les plus secrets de son cœur.

Par ailleurs, l'idée de continuer sa vie de célibataire et de voyager à travers le monde, pendant qu'elle élèverait leur enfant, l'emplissait d'un sentiment de vide et d'échec. Et justement, il était prévu qu'il parte à Londres dans quelques semaines, après l'ouverture de l'hôtel.

— Tu es déjà allé sur l'île ?

Sa voix douce le tira de ses réflexions. Il regarda Anika qui, du bout de sa fourchette, déplaçait une boulette de pommes de terre et de fromage autour de son assiette. Elle avait à peine touché au plat. N'était-elle pas censée manger pour deux maintenant ?

— Non, pas encore. J'ai fait un tour du lac. Un jour, j'irai jusqu'à l'église.

— Elle est chargée d'histoire, dit-elle en s'animant soudain. Nous y allions souvent avec Babica. Au sud-ouest de l'île, il y a un escalier monumental. La légende veut qu'un futur marié doive porter sa fiancée jusqu'en haut, afin d'avoir à coup sûr un mariage heureux. Ensuite, ils sonnent la fameuse « cloche aux souhaits » pour voir leur vœu exaucé.

Nicholas sourit. C'était ces bribes de culture locale qu'il recherchait. Cela plaisait à la clientèle et faisait de chaque séjour dans un Hôtel Lassard une expérience unique. Il se promit de se rendre sur l'île avant l'inauguration.

— Ta grand-mère m'avait dit que vous aimiez vous promener sur le lac.

— Tu parlais à ma grand-mère ?

— C'est arrivé à quelques reprises, répondit-il en notant qu'elle se raidissait. Je l'ai croisée en ville, à une réunion organisée par l'office du tourisme et enfin à la foire d'hiver.

Elle se détendit ostensiblement. Que s'était-elle imaginé ? Qu'il avait approché Marija dans l'intention de la convaincre de lui vendre l'auberge ? Ou était-ce l'idée qu'il ait été en contact avec sa famille à son insu qui lui était désagréable ?

En évoquant Marija, il fut saisi d'une brusque inquiétude.

— Anika... Le cancer qui a emporté ta mère et ta grand-mère, est-ce génétique ?

— Oui, mais je ne suis pas porteuse. J'ai déjà posé la question au médecin. À moins que tu ne sois porteur du gène, il est peu probable que notre bébé développe la maladie.

Il hocha la tête, soulagé.

— Tout ça est si nouveau pour moi.

— Pour moi aussi.

— Parlons de quelque chose de positif. Tu sembles garder de bons souvenirs de l'endroit où tu as vécu aux États-Unis.

— C'est vrai. Nous habitions près de Kansas City, sur la rive nord du Missouri. Il n'y avait pas de hautes montagnes comme ici, mais des collines boisées. Nous vivions près d'une grande ferme et nous avions quelques animaux. Une vache, deux chèvres, des poules.

— D'où ta connaissance des coqs, commenta-t-il malicieusement.

Anika esquissa un sourire et reprit :

— Je suis infiniment reconnaissante de tout ce que j'ai reçu, même si ma famille m'a été enlevée petit à petit. Mon père m'a beaucoup manqué. J'essayais d'imaginer quel père il aurait été s'il était resté parmi nous...

Elle tourna la tête vers le lac, mais il eut le temps de remarquer ses yeux trop brillants. Il voulait la réconforter, l'attirer dans ses bras. Ce qu'un petit ami ou un amant ferait. Mais ce geste n'était pas approprié, étant donné qu'ils exploraient uniquement une relation de coparentalité. Et lui, qui avait été si à l'aise avec les femmes, ne savait comment s'y prendre tout à coup.

— Pour la première fois de ma vie, je me trouve absolument seule, murmura-t-elle. Après la mort de mon père, ma mère était là pour moi. Quand elle est décédée à son tour, il me restait Marija...

— C'était une femme incroyable, dit-il doucement. Elle m'a raconté un peu l'histoire de ta famille slovène et de votre auberge.

— Ça remonte à plus de cent ans. Mon arrière-arrière-grand-père l'avait achetée à un Américain juste après la Première Guerre. Ce dernier l'avait fait construire suivant les plans de sa maison en Virginie. Marija était très fière d'avoir hérité de ce petit hôtel.

— Mais pas ta mère ?

— Elle m'a souvent dit qu'elle avait aimé grandir ici, que c'était un endroit fabuleux pour un enfant, mais que plus tard elle avait eu d'autres projets. Comme l'envie de voyager, de voir le monde. C'est comme ça qu'elle a rencontré mon père. Elle était infirmière itinérante et s'est finalement fixée à Kansas City quand elle est tombée enceinte de moi. À l'époque, elle avait déjà bourlingué pendant près de dix ans.

— As-tu aussi la passion des voyages ?

Elle parut nerveuse soudain, comme si ses questions la mettaient mal à l'aise.

— Pas plus que ça.

Elle mentait, c'était évident. À lui, mais peut-être aussi à elle-même. Un jour, il la pousserait dans ses retranchements. Mais pas aujourd'hui.

Elle changea de sujet, l'interrogeant sur son récent déplacement en République tchèque. Ils parlèrent des hôtels, des lieux qu'ils avaient visités. Le déjeuner se termina par un succulent gâteau garni de cerises et de sucre, une spécialité de Bled.

— C'était agréable, dit Anika comme il la raccompagnait à sa petite voiture. Je ne m'attendais pas à passer un si bon moment. Merci.

Le sourire qu'elle lui offrit le frappa en plein cœur.

— De rien. J'ai été heureux d'en apprendre un peu plus sur toi.

— La prochaine fois, ce sera peut-être mon tour.

— Que veux-tu dire ?

— Tu connais maintenant beaucoup de choses de mon passé, expliqua-t-elle. On a parlé de tes hôtels et de tes voyages, mais tu ne t'es pas vraiment livré.

— Voilà ce que je suis, dit-il en haussant les épaules.

— Aujourd'hui, oui. Mais avant ça ?

Nicholas sentit un grand froid l'envahir. Il s'était déjà confié sur son passé et la mort de David, plus qu'il ne l'avait jamais fait. Ça ne lui suffisait pas ?

— Plus tard peut-être, répondit-il brièvement.

Elle releva le menton, le regard soudain étincelant.

— Je vois. Tu m'as laissée raconter mes souvenirs les plus sombres, mais tu te réserves le droit de garder les tiens !

— Je t'ai parlé à Hawaï. Et tu n'étais pas obligée de me raconter quoi que ce soit, c'était ton choix.

— Je pensais que le but de ce déjeuner était d'apprendre à faire connaissance, parce que nous allons devenir parents, dit-elle sur un ton de défi. C'est toi qui as insisté pour que nous passions du temps ensemble.

— Oui, et, comme tu l'as souligné, nous ne sommes pas dans une relation amoureuse. Apprendre à nous connaître pour être de bons parents est une chose, mais nous avons tous les deux le droit de garder des secrets.

Anika renversa la tête en arrière comme si elle venait de recevoir une gifle.

— Tu as raison. Merci pour le déjeuner, dit-elle avec raideur.

Un vent violent balaya le parking au moment où elle montait dans sa voiture. Tout en regardant le véhicule s'éloigner, Nicholas sentait l'air glacé transpercer ses vêtements. Mais il préférait ça au froid qui s'était logé au plus profond de lui.

10

— Aïe !

La douleur aiguë fusa le long de son bras. Lâchant le marteau, Anika suça son doigt endolori.

Ce matin, en voyant le ciel bleu et la couche de neige immaculée, elle avait eu l'espoir qu'une belle journée s'annonce. Eh bien, l'illusion n'avait duré que sept minutes !

Elle était sortie sur la terrasse et avait remarqué qu'un des piliers de la colonnade penchait dangereusement. Effectivement, la base était complètement pourrie. Si ça n'était pas réparé rapidement, l'avant-toit risquait de s'effondrer. N'ayant pas prévu de budget pour ce genre de réparation, elle avait sorti sa boîte à outils. Grâce à Marija, elle avait appris très tôt que, pour gérer une hôtellerie familiale, mieux valait avoir toutes les compétences.

Dès les premiers rayons du soleil, elle s'était mise au travail, et leur belle lumière lui procurait un semblant de chaleur. Ayant délogé facilement la colonnette abîmée, elle l'avait couchée sur la terrasse. Il y avait dix bonnes minutes maintenant qu'elle essayait d'arracher le bois pourri du pied. Frustrée de n'avancer à rien et rendue nerveuse par sa dispute de la veille avec Nicholas, elle avait fait un geste maladroit. Un coup de marteau sur le pouce...

Idiote !

Elle aimait cette maison chargée de souvenirs ainsi que certains aspects de son travail d'hôtelière. Mais, quand elle faisait le compte des réparations à effectuer et des tâches administratives restées en souffrance, elle avait parfois envie de tout laisser tomber. Bien sûr, elle culpabilisait de réagir de cette façon et d'être irritable pour un rien – comme la veille, avec Nicholas. Elle avait d'abord mis ce mécontentement croissant sur le compte de son chagrin après la mort de Marija. Mais alors pourquoi, en regardant cette maison et en pensant à toutes les générations qui y avaient vécu, ne ressentait-elle pas l'enthousiasme et le sentiment douillet d'appartenir à ce lieu, comme avant ? Pourquoi était-elle seulement abattue et épuisée, comme sous le poids d'un fardeau ?

Les questions de Nicholas sur son envie de voyages n'avaient rien arrangé. En fait, elle était si occupée à faire fonctionner l'auberge qu'elle en oubliait ses propres insatisfactions. Et maintenant elles éclataient au grand jour !

Il y avait une autre raison à son humeur, songea-t-elle. Nicholas refusait de parler de lui. Alors qu'il l'avait invitée à raconter son histoire, prétendument pour qu'ils apprennent à se connaître, il était clair qu'il n'avait pas eu l'intention d'en faire autant. C'était incroyablement frustrant !

Comme sa douleur au pouce s'atténuait, elle se renversa légèrement en arrière et regarda en direction de l'Hôtel Lassard. Mais les arbres, même dénudés, étaient si denses qu'elle ne put apercevoir le bâtiment.

Elle soupira. Elle avait pourtant apprécié leur déjeuner en tête à tête. Oui, même quand Nicholas l'avait questionnée sur ses rêves de voyages. Elle avait aimé l'écouter et sentir son regard bleu fixé sur elle comme si elle avait été le centre de son univers.

Une émotion dangereuse, étant donné qu'il n'avait pas l'intention d'aller au-delà d'une relation de coparentalité avec elle. Non qu'elle ait autre chose en tête, se dit-elle vivement. Mais elle n'avait pas prévu qu'il veuille s'impliquer à ce point dans la vie de leur enfant. Il semblait plutôt être le genre d'homme à offrir un gros chèque, à demander peut-être une photo du petit à l'occasion, tout en poursuivant l'existence qu'il menait jusque-là. Sa volonté de s'investir en tant que père l'avait surprise autant qu'elle lui avait réchauffé le cœur. Seulement, depuis leur dispute, elle se demandait s'il ne se raviserait pas.

Un bruit de moteur l'alerta soudain. Une voiture de sport rouge apparut et vint se garer dans l'allée circulaire. Anika sentit son cœur bondir en voyant Nicholas en descendre. Dans son beau manteau noir, avec son écharpe rouge enroulée autour du cou, il semblait sortir d'une publicité de vêtements chics pour hommes.

— Bon sang ! Qu'est-ce que tu fabriques ? dit-il en guise de salutation.

Cette irritation effaça d'un coup le trouble que son apparition lui inspirait. Anika se raidit.

— Je prends le thé. Ça ne se voit pas ?

Il gravit prestement les marches de la terrasse et voulut lui prendre le marteau des mains.

— Essaye un peu, et je te promets de l'utiliser sur autre chose qu'un morceau de bois, lança-t-elle.

— Anika, il fait moins deux !

— Presque trois degrés au soleil, et il n'y a pas de vent. Ça fait une différence.

Et, lui tournant le dos, elle se remit au travail.

— On est en plein hiver...

— Quelle brillante déduction ! répliqua-t-elle.

— Tu devrais rester à l'intérieur à te reposer ou à manger pour prendre des forces.

— Tu parles de manger ? Mais il y a des jours où je peux à peine avaler une tasse de bouillon. Le pire, c'est que c'est normal, dit-elle en se relevant.

Puis, notant l'expression d'inquiétude sur ses traits, elle ajouta d'une voix radoucie :

— Rassure-toi, je ne ferai rien qui risque de mettre le bébé en danger.

Il se passa une main dans les cheveux.

— Je n'aime pas te voir travailler comme ça.

— Pas de chance. Ça fait partie de ma vie.

— Tu y tiens tant que ça ?

Devinant où il voulait en venir, elle lui jeta un regard aigu.

— Je croyais qu'on avait décidé de ne pas parler de l'auberge jusqu'à nouvel ordre ?

— Exact. Mais je ne te demande pas de vendre. Je veux seulement savoir si tu tiens vraiment à cette auberge. Parce que j'ai eu l'impression hier que ça ne te rend plus aussi heureuse.

Anika le fixa, stupéfaite. Comment voyait-il si clair en elle ? Il semblait la connaître mieux qu'elle-même parfois.

— Je n'ai pas envie de répondre à cette question maintenant.

— Parce que j'ai refusé de parler de moi, hier ? s'enquit-il gravement.

— Ça me gêne de raconter ma vie à quelqu'un qui prend sans rien donner et qui considère notre relation comme une voie à sens unique. Et peu importe que ce soit le père de mon enfant, mon amant ou un simple petit ami !

Il resta si longtemps silencieux qu'elle se demanda s'il allait lui répondre ou tourner les talons et s'en aller.

— Je vais t'aider, dit-il enfin.

Elle pencha la tête de côté.

— C'est drôle. J'ai entendu : Anika, veux-tu que je reste pour t'aider ?

— Oui, c'est ça, déclara-t-il en souriant. Laisse-moi essayer.

Quelque chose dans sa voix la saisit.

— D'accord, lâcha-t-elle en lui tendant le marteau.

Retirant son écharpe, Nicholas la lui passa autour du cou.

Anika inspira son parfum dans le tissu de laine. Ce mélange d'essences de bois et de cannelle la réchauffa plus que le soleil hivernal.

— Merci, dit-il en l'enveloppant d'un regard poignant.

Peu après, comme elle revenait sur la terrasse en portant deux tasses de thé chaud, elle vit qu'il avait retiré le bois pourri et qu'il mettait la colonne en place dans son socle.

— Comment as-tu réussi à faire ça si vite ?

— J'ai travaillé dans l'équipe de maintenance de l'Hôtel Lassard de Londres. C'était mon premier job.

— Comme simple ouvrier ? s'enquit-elle, étonnée.

Il lui adressa un sourire sexy.

— Oui. Difficile à imaginer ?

Maintenant qu'il avait jeté son pardessus sur le vieux rocking-chair et qu'il maniait le marteau, non, ce n'était pas difficile du tout.

— Tu aimais ce travail ?

— Oui, beaucoup. Enfant déjà, j'adorais manipuler les outils. Acquérir de l'expérience, voir ce que nos ouvriers réalisaient, ça m'a ouvert les yeux. Cet apprentissage me sert toujours lors des visites de chantier pour parler aux ingénieurs, aux architectes.

— Et mettre la main à la pâte à l'occasion, renchérit-elle en se rappelant ses paumes rugueuses à Hawaï.

— C'est parfois utile d'être le fils du patron, dit-il en souriant. On m'autorise à poser des cloisons sèches.

Un frisson de joie parcourut Anika. Ce qu'elle découvrait de Nicholas lui plaisait infiniment. Il remontait dans son estime, et elle l'imaginait apprenant à leur enfant à manier un marteau, à nager…

Sa gorge se serra. Bien sûr, ils ne formeraient pas le genre de famille unie dont elle rêvait, mais son enfant aurait un bon père.

Elle maintint le pilier pendant qu'il rajustait la rambarde. Puis elle alla se camper dans l'allée pour juger de l'effet.

— Quelle différence ! Merci.

Il descendit les marches et s'arrêta devant elle.

— Viens faire un tour avec moi, dit-il en plongeant le regard dans le sien.

Anika se troubla.

— Où ?

— Je pense à un endroit spécial. Tu m'as fait confiance aujourd'hui. Prête à recommencer ? demanda-t-il en lui tendant la main.

Un flot d'émotions se propagea en elle, formant un enchevêtrement d'espoir, de désir et de nervosité.

Oh ! pour l'amour du ciel ! C'est une simple promenade, pas une demande en mariage !

Lentement, elle glissa sa main dans la sienne. En sentant qu'il lui enlaçait les doigts, elle faillit fermer les yeux en pensant que c'était bien ainsi.

— Allons-y.

11

La route montait en serpentant à travers les arbres enneigés. Nicholas négociait les virages d'une conduite assurée, comme s'il se sentait parfaitement maître de lui.

Ce qui était loin d'être le cas, se dit-il. Parce que celle qui était assise auprès de lui était à la fois proche et inaccessible.

La veille, à l'issue de leur déjeuner, il avait tout gâché en refusant de s'ouvrir à elle. À Kauai, cela lui avait semblé naturel, puisqu'une porte d'acier les avait séparés. Mais au restaurant, face à ses grands yeux mordorés emplis de confiance, il avait eu peur de mettre à nu sa douleur et ses doutes enfouis. Et si ouvrir la porte de son passé le faisait sombrer comme sa mère ou fuir comme son père ? Si Anika le rejetait, parce qu'elle partageait la crainte intime qui le rongeait de ne pas être un bon père ?

Ce matin, il était venu à l'auberge pour s'excuser et essayer de lui expliquer ce qu'il ressentait. Et il l'avait trouvée assise sur la terrasse dans le froid glacial, en train de manier un marteau !

Certes, il admirait sa ténacité, mais cela l'avait mis en colère. Pourquoi était-elle si déterminée à s'occuper de tout au lieu d'accepter de se faire aider ?

Heureusement, elle avait finalement consenti à ce qu'il lui donne un coup de main. Il était encore stupéfait de l'importance que cela revêtait pour lui d'aider une femme comme elle. Rien à voir avec Susan, son ex capricieuse, avec qui il était passé du statut de héros à celui de béquille !

Il coula un regard vers sa passagère. Les reflets du soleil jouaient dans ses cheveux noirs, et la jolie couleur émeraude de son pull avivait son teint. Il la trouvait sublime.

— On aperçoit le château, dit-elle, brisant le silence qui régnait dans l'habitacle.

Nicholas leva les yeux vers la tourelle coiffée d'un toit rouge qui s'élevait au-dessus de la ligne des arbres.

— Je n'y suis pas encore allé.

— C'est un site incontournable de Bled. À inscrire en tête des visites à recommander à tes clients.

— Que peux-tu m'apprendre sur ce château ?

— Il a plus de mille ans. Bien qu'il ne soit pas très grand, il abrite un joli musée et une cave où les visiteurs peuvent mettre eux-mêmes leur vin en bouteille. Le restaurant est excellent, mais pour moi c'est la vue qu'on a de là-haut qui est extraordinaire, répondit-elle avec un sourire réjoui. Il n'y a rien de mieux à Bled.

Nicholas actionna le clignotant.

— Qu'est-ce que tu fais ?

— Après cette chaude recommandation d'une demoiselle de la région, comment pourrais-je passer devant ce château sans avoir envie de le visiter ? déclara-t-il en souriant.

— Tu n'as rien d'autre à faire à ton hôtel ? Des trucs de milliardaire, par exemple ?

— Des trucs de milliardaire ? Non. Mais étudier les derniers rapports sur les projets en Grèce et en Angleterre, régler les retards de livraison de matériaux et vérifier le compte rendu d'un ingénieur, ça oui.

Il nota son front soucieux, comme il garait l'Audi sur le parking. En même temps, elle se mordillait la lèvre inférieure, inconsciente du courant de chaleur qui le traversait devant cette mimique innocente.

— Surprise que je sache lire ? s'enquit-il d'un ton railleur en lui ouvrant la portière.

— Bien sûr que non. Seulement, tu es très différent de ce que je croyais, la première fois que je t'ai vu.

— J'avais remarqué ton accueil froid.

— Désolée. J'avais tiré des conclusions hâtives en me basant sur tes tenues, ton attitude, ta réputation auprès des femmes.

— Jalouse, en somme, commenta-t-il d'un air satisfait.

— Méfiante, plutôt, avoua-t-elle en s'empourprant. À Bled, je suis chez moi. J'avais peur que tu ne défigures ce territoire, que tu ne comprennes pas notre culture et que tu veuilles nous en mettre plein la vue avec tes lustres en cristal et ton argenterie incrustée de diamants.

— Je n'ai jamais commandé de couverts en diamant, répondit-il en feignant d'être vexé.

Anika se mit à rire.

— Quoi qu'il en soit, les gens d'ici ne tarissaient pas d'éloges sur toi et sur ta capacité à t'intégrer dans notre communauté. Puis tu as voulu acheter l'auberge… Il se trouve que j'ai du mal avec le changement.

— Je ne suis pas d'accord là-dessus, dit-il comme ils passaient sur un pont-levis. Regarde comme tu t'es vite adaptée à l'idée de devenir mère, à être la seule propriétaire de l'auberge et, avant ça, à la vie dans un pays nouveau pour toi. Je dirais au contraire que tu gères très bien le changement. Anika, ça va ?

— Merci, répondit-elle en cillant furieusement. Ça me fait du bien d'entendre ça.

Nicholas paya les tickets d'entrée. Pour étouffer ses protestations, il fit valoir qu'il l'avait invitée et que cette promenade était une démarche professionnelle, en quelque sorte.

Anika capitula et l'entraîna vers la cour inférieure cernée de remparts. Une allée pavée menait à une plate-forme d'où on découvrait la ville, le lac et les montagnes au loin.

Comme il s'approchait, elle le retint par le bras.

— Attends. Tu dois admirer le panorama depuis la cour supérieure. La vue est incomparable !

Il se laissa guider, heureux de voir l'enthousiasme qui animait ses traits. Cela lui rappelait sa joie intense lors de leur plongée au large de Kauai quand, pour la première fois, il avait entrevu la personne qu'elle était vraiment.

— Pourquoi penses-tu que tu as du mal à supporter le changement ? demanda-t-il comme ils contournaient un puits ancien avant de s'engouffrer dans un escalier de pierre.

— Disons que je n'aime pas ça. Ce n'était pas le cas avant. Je me sentais l'âme d'une aventurière, je voulais parcourir le monde comme ma mère et avoir un pied-à-terre pour revenir entre deux voyages. Mais être loin de Babica et de l'auberge…

Sa voix changea brusquement, et ses traits se crispèrent. Après un court silence, elle poursuivit :

— Je me sentais coupable de rester absente si longtemps. Peur de passer pour la petite-fille ingrate, alors que Marija était seule à faire tourner l'auberge. Je suis donc revenue et je me suis investie en travaillant deux fois plus pour compenser mes absences.

— D'après ce que j'ai vu, tu es plus qu'investie.

— Il y a certains côtés que j'aime, d'autres beaucoup moins, avoua-t-elle en gravissant les marches. Mais, si je n'arrive pas à gérer mon affaire, j'aurai l'impression d'abandonner ma grand-mère et tout le travail qu'elle a accompli ici. C'est comme si j'effaçais les dernières traces de ma famille.

Avant de pouvoir s'en empêcher, Nicholas passa un bras autour de ses épaules. Sans hésiter, elle se blottit contre lui, et ils reprirent l'ascension d'un même pas.

Tout en savourant ce moment, Nicholas sentit une crainte s'insinuer en lui. Il avait cru que l'obsession d'Anika pour l'auberge était une question de fierté et qu'elle refusait de la lui céder parce qu'elle le détestait. En apprenant ses raisons profondes, il renonça immédiatement à son projet. Mais le problème restait le même : sans une intervention extérieure, l'auberge disparaîtrait.

Les épaules d'Anika se détendirent sous son bras, et il cessa de réfléchir. La garder ainsi et mesurer la confiance qu'elle plaçait en lui, c'était tout ce qui lui importait en cet instant.

— Tu es prêt ?

Le visage levé vers lui, elle lui souriait, et il caressa l'idée de l'embrasser, de la goûter en la marquant d'un baiser possessif devant toutes les personnes présentes. Ce besoin était si fort qu'il en fut effrayé.

— Oui. Mais, si la vue n'est pas à la hauteur de ce que tu m'en as dit, tu me devras un verre.

— Et, si elle l'est, je gagne quoi ?

— Un massage prénatal complet au spa de l'Hôtel Lassard.

Elle exhala un soupir approbateur.

— Ça semble divin.

Tout comme l'idée de lui prodiguer lui-même ce massage, se dit-il, émoustillé. Mais il garda cette suggestion pour lui-même.

Un instant plus tard, ils débouchèrent dans la cour supérieure du château. Les murailles de chaque côté étaient coiffées de toits rouges. Et devant lui Nicholas découvrit une immense étendue de ciel.

Relâchant Anika, il s'avança et posa les mains sur la roche froide du parapet. Il inspira une longue bouffée d'air pur. À cet endroit, la falaise tombait à la verticale sur une centaine de mètres. Le lac étincelait sous le soleil hivernal. Sur sa rive sud, il distingua l'auberge et, en retrait, le toit de l'Hôtel Lassard. Au fond, la ligne douce des sommets slovènes. Le panorama était absolument splendide.

— La première fois que j'ai vu le lac, j'ai eu l'impression d'être chez moi, en Écosse…

Il sentit Anika se raidir auprès de lui, mais il fit semblant de l'ignorer, de crainte de ne pas aller jusqu'au bout de son histoire. Le regard perdu vers les monts enneigés, il poursuivit :

— David est mort à l'âge de sept ans. Nous faisions du vélo, et un automobiliste a brûlé un stop...

Les souvenirs menaçaient de le faire sombrer, et il agrippa désespérément la pierre rugueuse pour s'ancrer dans le présent.

— Le conducteur était en tort, mais depuis je ne cesse de repasser ce moment dans ma tête en imaginant ce que j'aurais pu faire de différent. J'ai regardé ailleurs, l'espace d'une seconde, et David a traversé la route...

Comme Anika restait silencieuse, trop choquée sans doute pour parler, il reprit :

— Je sais, logiquement, ce n'était pas ma faute. Mes parents me l'ont souvent répété quand nous étions à l'hôpital à attendre que David sorte du coma.

Les images terribles déferlaient en lui. Le bip incessant des appareils, l'odeur forte d'antiseptique, la main de sa mère étreignant son épaule...

— La première année, nous avons déjoué tous les pronostics sur le deuil. Nous avons suivi une thérapie, et mon père nous a emmenés en voyage. Mais, juste avant le premier anniversaire de la mort de David, tout a changé. Ma mère dormait plus longtemps et, parfois, je la trouvais dans le lit de David. Plus elle sombrait dans la dépression, plus mon père s'absentait pour ses affaires. Ce semblant d'existence a duré presque neuf ans. Les seuls moments où nous nous retrouvions vraiment, c'était pendant les vacances.

Il baissa les yeux en sentant la main d'Anika se poser sur la sienne. Ce geste lui donna assez de force pour continuer son récit.

— Cette part de moi, je ne l'ai partagée avec personne. J'ai pris l'habitude de garder les autres à distance, et c'est ce qui m'a fait tenir toutes ces années. Même une fois que mes parents se sont retrouvés, j'ai maintenu cette barrière avec eux.

Se tournant enfin vers elle, il ajouta :

— Je ne sais pas si je saurai être père, Anika.

Doucement, elle passa les bras autour de lui. Heureux du soutien qu'elle lui offrait, il posa le menton sur ses cheveux.

— D'après le peu que j'ai vu, tu as beaucoup de potentiel, murmura-t-elle. J'ai eu peur au début quand tu as dit que tu voulais t'impliquer dans la vie du bébé. J'ai moins peur maintenant.

Ce compliment tout simple était sans doute le meilleur qu'il ait jamais reçu. Il lui réchauffait le cœur mieux que n'importe quelle autre parole de réconfort.

— Mais tu as quand même peur ?

— Pas toi ?

— Je suis terrifié, avoua-t-il avec un petit sourire.

— Alors, c'est que tu n'es pas aussi mauvais que je le pensais, répondit-elle, malicieuse.

Puis d'un ton redevenu grave elle déclara :

— Merci, Nicholas, d'avoir partagé ton histoire avec moi.

— De rien.

Ils se regardèrent avec intensité. Puis il resserra son étreinte autour d'elle. Il entendit Anika ravaler son souffle au moment où il se penchait vers elle. Il avait besoin de sentir ses lèvres sous les siennes, de la toucher, de...

Un cri aigu déchira le brouillard sensuel qui les tenait enfermés. Nicholas se redressa vivement. Non loin d'eux, un homme agenouillé tendait un écrin ouvert vers une jeune femme qui s'extasiait à la vue de la bague.

Anika s'écarta en s'empourprant.

— Je dois rentrer à l'auberge.

Il aurait aimé la ramener dans ses bras, mais le charme

était rompu. Et c'était mieux comme ça, se dit-il comme ils retraversaient la cour.

Il devait avancer avec précaution dans cette relation, quelle qu'elle soit. Car céder au désir ne ferait que les mener au chagrin.

12

Les mains crispées sur les genoux, Anika gardait les yeux rivés sur la pendule de la salle d'attente. L'heure du rendez-vous était passée de quinze minutes, et la nervosité la gagnait. Comme il lui tardait de découvrir son bébé !

La porte d'entrée du cabinet médical s'ouvrit soudain. Machinalement, elle leva les yeux et eut le souffle coupé en voyant celui qui entrait.

— Nicholas ?

Il lui adressa ce sourire dévastateur qui la troublait tant et prit place sur la chaise auprès d'elle.

— La consultation n'est pas déjà terminée, au moins ?

— Non.

— Bien. Pour une fois je suis content qu'un médecin soit en retard.

— Que fais-tu là ? demanda-t-elle, perplexe.

— C'est bien aujourd'hui l'échographie, non ? Tu m'as invité à venir, rappelle-toi.

— Je suis surprise, parce que chaque fois que nous avons abordé le sujet du bébé tu étais si... détaché.

C'était la vérité. Depuis leur promenade au château, il était passé la voir à deux reprises. Mais ils n'avaient pas retrouvé la même entente que ce jour-là.

— Je comprends que tu aies besoin de temps, ajouta-t-elle très vite. Simplement, je pensais que le rendez-vous d'aujourd'hui serait trop difficile pour toi.

— Je tenais à être là, lui assura-t-il en posant une main sur les siennes.

La sincérité se lisait dans son regard. Cependant, Anika réalisa qu'elle lui en voulait presque d'être présent. Parce que, ce jour-là, au château, elle avait commencé à s'attacher à lui et qu'il avait disparu si vite qu'elle se demandait si elle n'avait pas imaginé la douce complicité qu'ils avaient partagée. Alors, elle refusait qu'il se montre attentionné maintenant, si c'était pour s'éloigner ensuite, une fois qu'ils seraient parents.

Du calme ! Tu ne vas pas lui faire payer tes propres insécurités.

Ils avaient des mois devant eux pour se préparer. Tôt ou tard, ils réussiraient à discuter. Mais aujourd'hui elle voulait se concentrer sur une seule chose : voir la petite vie qui grandissait en elle.

L'infirmière les appela enfin et les escorta vers une salle sombre. Une fois Anika installée dans le fauteuil inclinable, une technicienne entreprit de lui badigeonner le ventre de gel.

— Alors, c'est votre premier ? demanda-t-elle d'un ton jovial. Félicitations ! Vous vous portez bien ?

— Oui. Je désire tellement avoir une famille que je tiens à ce que tout aille bien.

— Je comprends. C'est donc un grand jour, dit l'échographiste en souriant.

Sentant la main de Nicholas sur son épaule, Anika releva les yeux. Son visage gardait une expression sérieuse, et il ne disait pas un mot. Mais il n'avait pas besoin de parler. Sa seule présence la rassurait.

— Prête ? demanda l'échographiste.

Le cœur battant, Anika scruta l'écran, pendant qu'on déplaçait la sonde sur son ventre.

— Le voilà ! annonça la technicienne.

L'émerveillement envahit Anika.

— C'est... ? dit-elle en étouffant un sanglot.

— Votre bébé. Battements cardiaques à cent soixante. Il est en excellente forme.

Anika jeta un coup d'œil à Nicholas. Ses beaux traits demeuraient insondables. Pourtant, il semblait avoir relâché quelque peu sa tension.

Elle se tourna de nouveau vers l'écran, voulant s'imprégner de chaque seconde de cette incroyable expérience. Elle suivit des yeux le contour de la petite tête ronde, des membres minuscules...

— C'est si beau. Je n'en reviens pas !

— Vous allez vous entretenir avec le médecin. Pendant ce temps, je vais imprimer les photos, et vous les emporterez chez vous.

L'écran s'éteignit. Anika regarda Nicholas. Il était toujours impassible. Avait-il changé d'avis à la vue de leur bébé ?

La suite de la consultation fut brève. Le médecin déclara qu'elle et le bébé étaient en parfaite santé et que son état de fatigue était normal à ce stade de la grossesse.

Nicholas posa une ou deux questions, guère plus. Ce mutisme la rendait vaguement nerveuse, mais l'excitation prit le dessus. Elle n'allait pas s'inquiéter de sa réaction alors qu'elle était si heureuse.

Quand ils furent sortis du cabinet, il l'accompagna à sa voiture, tandis qu'elle gardait les yeux rivés sur les clichés qu'elle tenait.

— Anika ?

— Mmh ?

— Je te suis jusqu'à l'auberge.

— Tu veux dire : Anika, puis-je te suivre jusqu'à l'auberge ? répliqua-t-elle en relevant la tête.

Il esquissa un sourire réticent.

— C'est ça.

— Eh bien, d'accord.

Dix minutes plus tard, elle garait sa voiture dans l'allée. Nicholas se précipita pour lui ouvrir la portière.

— As-tu des clients pour la nuit ?

— Non, janvier est le mois le plus calme, dit-elle en le précédant à l'intérieur. Il faudra que je relance les affaires pour la saison de ski, l'an prochain. Mais je ne vais pas m'en plaindre. La moitié du temps, je peux à peine garder les yeux ouverts.

— Pourquoi ne pas te mettre tout de suite au lit ? Je fermerai en partant.

Elle suspendit son manteau et sortit les photos de sa poche.

— Pas maintenant. Je vais d'abord me faire une tasse de thé, allumer un feu dans la bibliothèque et regarder ceci pendant un petit moment.

— Donc, tu es heureuse ?

— Très. Comment pourrais-je ne pas l'être ? J'ai vu notre bébé ! lança-t-elle en pressant les clichés contre elle.

— Je vais faire le feu pour toi.

— Nicholas, tu n'es pas obligé...

— Je sais, mais ça me fait plaisir.

Anika toussota pour masquer l'élan de joie que ses paroles lui procuraient.

— Eh bien..., merci.

Un moment plus tard, quand elle entra dans la bibliothèque, un bon feu brûlait dans la cheminée. Les lampes aux abat-jour verts diffusaient une lumière douce. Nicholas avait pris place sur l'un des canapés.

— Je suis désolée. Je ne savais pas que tu voulais rester, sinon je t'aurais apporté une tasse.

— Je peux voir les photos ?

— Bien sûr, dit-elle en les lui tendant.

Il s'en empara avec précaution, comme s'il avait peur de les déchirer. Il les examina une à une, les tournant dans un sens, puis dans l'autre, avec toujours la même expression hermétique.

Finalement, il posa la liasse sur la table basse et se cala sur le canapé.

— Tout va bien ? demanda-t-elle comme il demeurait silencieux.

— Oui.

Brusquement, il prit la tasse qu'elle tenait et la mit sur la table, avant de saisir ses mains.

Il va m'annoncer que c'est fini...

Anika retint son souffle, tâchant de se fortifier mentalement. Voir la preuve de cet enfant que leur nuit torride à Hawaï avait créé, c'était sans doute plus qu'il n'en pouvait supporter.

— Tu m'as annoncé que tu étais enceinte, et je l'ai accepté tout de suite. Mais, en voyant l'échographie, en t'entendant dire « notre enfant », j'ai vraiment compris. Comme je te l'ai dit, je ne sais pas quel genre de père je serai, mais je veux donner le meilleur de moi-même, pour le bébé... et pour toi.

Anika était sous le choc. Elle s'était tellement préparée à ce qu'il lui annonce qu'il ne pouvait assumer cette paternité et qu'il s'en aille là-dessus... Quand elle eut assimilé le sens de ses paroles, une joie prudente monta en elle.

— Tu t'es déjà montré exemplaire, répondit-elle d'une voix mal assurée. Le rendez-vous, les articles que tu m'as dit que tu lisais...

— Ce n'est pas grand-chose. Maintenant, je veux faire plus. Avoir un rôle plus important.

Sur une impulsion, Anika dégagea une main pour lui caresser la joue.

— Je suis sûre que tu y arriveras. Tu es si déterminé quand tu veux quelque chose.

— Merci de me faire confiance, Anika. Je sais que ce n'est pas ce qu'il y a de plus facile.

— Cet événement bouleverse ta vie. Ce n'est pas évident non plus.

— Non, mais après avoir vu ce que j'ai vu aujourd'hui je n'aspire qu'à rester ici.

Un sourire éclaira enfin ses traits séduisants, et Anika sentit une douce chaleur réchauffer son cœur. Elle n'aurait su dire combien de temps ils restèrent ainsi, dans le silence seulement troublé par le crépitement occasionnel d'une bûche. Qui bougea en premier ?

Mais après tout, est-ce si important ?

Ce fut la dernière pensée qu'elle formula avant que leurs lèvres s'unissent en un baiser passionné.

La prenant par la taille, Nicholas l'attira sur le canapé. Le désir monta en lui comme une flèche quand Anika se fondit dans son étreinte. Il y avait deux mois qu'ils ne s'étaient pas embrassés. Tant de choses avaient changé depuis, y compris ce qu'il éprouvait pour elle. Ce n'était plus seulement l'envie de l'entraîner dans son lit. Jamais avant elle, il n'avait baissé la garde au point de laisser une partenaire prendre le pouvoir. Et maintenant c'était un besoin plus profond, plus possessif qui le tenaillait. Il désirait la femme qu'elle était, celle qui continuait de l'impressionner. Quand il avait vu la joie illuminer son visage dans le cabinet médical, quelque chose avait changé au fond de lui.

Il enfouit les doigts dans ses cheveux et se mit à taquiner ses lèvres du bout de la langue. Ce petit jeu la fit rire, puis elle ouvrit la bouche, l'invitant à poursuivre ses explorations.

Nicholas ne se fit pas prier. Il approfondit son baiser, savourant sa chaleur, caressant et pillant tour à tour avec délectation. Comment avait-il pu tenir si longtemps sans l'embrasser ?

— Où est ta chambre ? demanda-t-il tandis qu'il abaissait les lèvres vers la petite veine à la base de son cou.

— Au troisième étage.

— Évidemment...

S'enhardissant, il glissa les doigts sous son pull. Le contact de sa peau tiède l'électrisa. Un élan d'excitation le traversa comme une flèche ardente jusqu'au plus profond de son être.

— Me fais-tu confiance pour te porter là-haut ?

Elle s'écarta légèrement et ébaucha un sourire timide.

— Oui, mais... Je peux te confier un de mes fantasmes ?

— Vu à quel point le mot *fantasme* sur tes lèvres m'excite, ma réponse est oui.

— J'ai toujours rêvé de faire l'amour dans une bibliothèque.

Décidément, cette femme ne cessait de l'étonner. Comment avait-il pu la trouver froide et coincée ?

— Alors, faisons de ce rêve une réalité.

Et, l'emportant dans ses bras, il l'étendit sur le tapis devant la cheminée. Il la débarrassa de son pull et de son soutien-gorge, révélant ses seins gonflés et incroyablement sexy.

Anika leva vers lui un regard empli de timidité et de désir mêlés qui le rendit fou. Ôtant sa chemise, il lui enserra la taille. Comme elle s'arquait pour amener son corps au plus près du sien, il captura un mamelon entre ses lèvres, l'aspirant et le léchant voluptueusement. Anika gémit en enfouissant les doigts dans ses cheveux courts.

Nicholas poursuivit son assaut sensuel sur l'autre sein avant de s'aventurer plus bas, jusqu'à la barrière de son jean. Il le déboutonna et l'abaissa lentement, en sillonnant ses cuisses et ses jambes de petits baisers brûlants. Comme il revenait vers le haut de son corps, Anika se redressa soudain et l'arrêta d'une main sur son torse.

— À moi maintenant.

Excité au dernier degré, Nicholas se leva. Agenouillée devant lui, Anika entreprit de le débarrasser de son pantalon et de son caleçon avec une lenteur insupportable. Quand enfin elle enroula les doigts autour de son sexe dressé, il laissa échapper un gémissement guttural. Alors, elle apposa la langue sur toute la longueur de son membre.

— C'est bon ! lâcha-t-il.

Tout en promenant son souffle chaud sur sa virilité brûlante, elle lui adressa un regard de satisfaction purement féminine qui le fit se raidir davantage.

— Parfait, commenta-t-elle, avant de le prendre dans sa bouche.

Elle l'aspira, enfonçant les ongles sur l'arrière de ses cuisses. Nicholas serra les poings.

— Je veux te toucher, Anika. Partout.

Elle s'immobilisa. Lui emprisonnant les poignets, il se laissa tomber devant elle.

— Je suis sain. J'ai fait le test annuel à la fin de l'été. Je n'ai couché avec personne d'autre après toi.

Le sourire qu'elle lui renvoya le frappa comme un coup de poing.

— Moi aussi, je suis saine. Je t'ai dit que je n'avais eu qu'un seul autre homme dans ma vie. Et je... je n'ai jamais fait l'amour sans protection.

Une rougeur délicieuse lui montait aux joues, et la possessivité de Nicholas s'accrut.

— Moi non plus. Je ne veux pas d'obstacle entre nous, cette fois.

Elle acquiesça lentement. Sur cette invitation sans équivoque, il l'étendit sur le tapis. La lumière du feu baignait sa nudité d'une lueur dorée, et le regard qu'elle fixait sur lui était empli de confiance. Nicholas sentit son cœur frémir. Jamais une femme ne l'avait regardé ainsi.

Son attention dériva vers son ventre, et un frisson le parcourut. Était-il capable d'être l'homme dont elle avait besoin et le père que leur enfant méritait d'avoir ?

Anika tendit les bras pour l'attirer vers elle. Par ce simple geste, elle bannissait ses appréhensions. Leurs lèvres se joignirent en un baiser fiévreux, faisant jaillir au fond de lui une émotion étrange. Une douceur inconnue qu'il n'avait pas conscience de désirer jusque-là. Il se plaqua sur elle, enivré de sentir ses courbes se mouler si parfaitement contre lui. Puis, lentement, il s'introduisit en elle.

La sensation de s'enfouir dans sa chaleur bouillante fut inouïe, tout comme le sanglot étranglé qu'elle exhala contre son oreille. Nicholas savoura chaque seconde de cette fusion de leurs chairs, s'accommodant petit à petit jusqu'à ce qu'il l'ait emplie totalement. Il se réjouissait de partager une telle intimité avec celle qui apportait tant de changements dans sa vie, qui le surprenait constamment par sa force, sa confiance, sa résilience. Celle qui portait son enfant.

Il se mit à bouger en elle, en mouvements amples de plus en plus saccadés. Crispée autour de lui, Anika faisait courir les mains sur son dos, haussant les hanches en rythme pour l'encourager.

En l'entendant crier, il s'immobilisa.

— Je te fais mal ?

— Ne t'arrête pas ! N'y songe même pas, Nicholas Lassard.

Son nom sur ses lèvres comme sa supplique presque désespérée le portèrent plus haut, plus loin. Un feu ardent l'embrasait, l'entraînant dans une spirale vertigineuse, tandis qu'il s'imprégnait de la magicienne entre ses bras.

— Nicholas !

Au moment suprême, elle se tendit comme un arc, et ses gémissements de plaisir résonnèrent comme une douce musique à ses oreilles. Une seconde plus tard, il la rejoignit dans l'extase en criant son nom.

Sans la relâcher, il roula sur le côté et la bâillonna d'un baiser. Anika se blottit dans son étreinte.

— C'était... incroyable ! murmura-t-elle, éblouie.

— Je pensais exactement la même chose.

Doucement, il caressa le galbe de ses seins, puis son ventre encore plat. Il entendit Anika ravaler son souffle et, une seconde plus tard, sa main vint couvrir la sienne.

Submergé par l'émotion, Nicholas l'enlaça plus étroitement. Elle avait les paupières closes, et ses longs cils s'étalaient au bord de ses joues. En voyant ses seins se soulever régulièrement au rythme de sa respiration, il comprit qu'elle s'était endormie.

Il baissa le regard vers leurs mains jointes qui reposaient sur son ventre. Un élan de crainte le saisit soudain, menaçant de troubler ce moment de paix. Le fait d'avoir vu leur bébé avait renforcé sa détermination à être un bon père. Mais s'il ne parvenait pas à lâcher prise pour connaître le même bonheur qu'Anika avait ressenti aujourd'hui ? Saurait-il donner à leur enfant l'amour sans réserve qu'il ou elle était en droit d'attendre ?

Ses paupières devenaient lourdes. Doucement, il se leva pour prendre un plaid sur l'un des canapés. Puis, regagnant sa place contre Anika, il drapa la couverture autour d'eux.

Alors, fermant son esprit aux peurs qui le tenaillaient, il dériva vers le sommeil, dans la chaleur du feu, Anika lovée entre ses bras.

13

Anika se recroquevilla sur la banquette placée sous la fenêtre et observa l'intérieur de sa chambre. La pièce était confortable depuis qu'elle avait acheté des coussins, un plaid tricoté et une étagère pour ranger ses livres. Un vrai paradis !

D'une main, elle caressa son ventre. Elle était impatiente de sentir les premiers frémissements du bébé et, plus tard, de deviner ses mouvements. Deux semaines s'étaient écoulées depuis l'échographie, et la prochaine n'aurait lieu qu'à vingt semaines de grossesse.

Elle émit un soupir frustré et lâcha un petit rire.

— J'ai tellement hâte de te rencontrer !

Elle se tourna vers la fenêtre et dirigea le regard vers le bouquet d'arbres et l'Hôtel Lassard. Le lendemain soir, on célébrerait en grande pompe l'ouverture de l'établissement. Des personnalités locales, mais aussi du monde entier, étaient conviées. Maintenant qu'elle connaissait mieux Nicholas et qu'elle savait à quel point il s'investissait dans son métier, c'était plus facile pour elle de parler de l'hôtel et de s'y intéresser.

Malheureusement, cela soulevait aussi des questions délicates. Elle avait pensé au début qu'il ne cherchait qu'à satisfaire un caprice en voulant acheter son auberge. Mais, en voyant la passion qui l'animait et le temps qu'il consacrait au bien-être de sa clientèle, elle avait changé d'avis. Et si lui vendre l'auberge était la meilleure solution ? Peut-être conserverait-il l'intégrité de la vieille maison, tout en réalisant les travaux qu'elle-même ne pouvait financer... Le vœu de sa grand-mère avait été de faire prospérer l'auberge. Et si la bonne stratégie était de laisser quelqu'un d'autre en prendre les rênes ? Cela lui permettrait certainement de s'occuper de son bébé et de suivre ses propres rêves.

Non, c'était absurde, se dit-elle en secouant la tête. Cela reviendrait à rompre le dernier lien qui la rattachait à sa famille. Or, elle tenait à préserver quelque chose de son histoire et de ses racines pour le transmettre à son enfant.

Mais ce n'était pas le moment de penser à tout ça. Elle ferait mieux de se concentrer sur des choses plus immédiates, comme sa relation avec Nicholas. Depuis l'échographie, ils passaient beaucoup de temps ensemble, au point de développer ce qui ressemblait à une vraie relation. Ils avaient aussi partagé plusieurs nuits, soit dans le lit de Nicholas, soit dans le sien, ce qui ne gâchait rien.

Oui, la passion était là, pensa-t-elle en souriant rêveusement. Seulement, Nicholas restait distant chaque fois qu'elle abordait le sujet du bébé. Si elle lui demandait, par exemple, s'il pensait à un prénom, il s'arrangeait pour détourner la conversation.

Laisse-lui le temps, souffla une voix raisonnable dans son esprit.

Oui, l'attitude à adopter. Après tout, il n'était de retour dans sa vie que depuis un mois, et il leur en restait presque six pour répondre à ces questions. Compte tenu des progrès qu'ils avaient déjà réalisés, elle devait se montrer patiente et faire confiance à l'homme qu'elle commençait seulement à découvrir.

Elle en était là de ses réflexions quand elle perçut vaguement qu'on sonnait à la porte. À contrecœur, elle rejeta le plaid, enfila ses pantoufles et descendit.

Une jeune femme se tenait sur le seuil, portant une grande boîte argentée ornée d'un ruban rouge.

— Vous êtes bien Anika Pierce ?

— Oui, c'est moi.

— Un paquet pour vous. J'ai besoin de votre signature pour confirmer la réception.

— Mais je n'ai rien commandé, dit Anika, perplexe.

— Ça vient d'une boutique de Paris. Vous avez peut-être un amoureux, déclara la jeune femme en souriant.

Anika ne put s'empêcher de rougir.

— Merci, souffla-t-elle en signant le bordereau.

Une fois à l'étage, elle posa le paquet sur son lit et le contempla longuement avant de se décider à l'ouvrir. Du papier de soie rouge, découvrit-elle. Et, sur le dessus, une enveloppe qui lui était adressée. En reconnaissant l'écriture nerveuse, elle sentit son cœur s'accélérer. L'enveloppe contenait une carte portant le mot *Merci* en relief. Elle la retourna.

L'inauguration aura lieu demain soir à 19 heures. Je serais très heureux si tu acceptais d'être mon invitée.

D'une main tremblante, Anika écarta les couches de papier de soie et retint une exclamation en voyant une magnifique robe bustier turquoise. Elle caressa l'étoffe vaporeuse avant de la prendre délicatement contre elle et de se placer devant le miroir. Avec ses manches transparentes et sa jupe formant corolle, c'était le genre de tenue qui transformerait n'importe quelle femme en princesse.

Elle était profondément touchée que Nicholas ait fait l'effort de lui envoyer cette robe incroyable pour l'inviter. Bien sûr, il n'était pas question pour elle de rater cette cérémonie d'ouverture et de ne pas soutenir l'homme qui était devenu si important dans son existence depuis peu.

Certes, il restait des zones d'ombre entre eux, pensa-t-elle en reposant la somptueuse toilette. Mais le père de son enfant pensait à elle et l'incluait dans sa vie. N'était-ce pas tout ce qui comptait ?

La salle de bal de l'Hôtel Lassard était bondée. Les invités déambulaient en tenue de soirée Versace ou Gucci, et les serveurs circulaient parmi les groupes, offrant toutes sortes de spécialités raffinées sur des plateaux d'argent. La musique d'un quatuor à cordes flottait dans l'air, apportant une touche féerique qui charmait l'assistance.

C'était exactement la réception qu'il avait souhaitée, pensa Nicholas. Pourtant, en regardant autour de lui, il ne pouvait s'empêcher d'être déçu. Anika et lui étaient devenus si proches au cours des dernières semaines qu'il avait eu bon espoir qu'elle accepte son invitation. Leur relation n'avait-elle pas suffisamment évolué pour qu'elle fasse l'effort d'assister à cette soirée ?

— Tu as l'air bien morose pour quelqu'un qui vient de lancer l'un des hôtels les plus prestigieux d'Europe centrale.

Nicholas se détourna et salua son père d'une poignée de main chaleureuse. Henry Lassard le surprit en lui donnant l'accolade.

— Je cherchais quelqu'un, répondit Nicholas. Je ne peux pas être inquiet quand nous affichons complet jusqu'à la fin de l'été.

— Je n'en attendais pas moins de toi.

Nicholas sourit, en dépit de la gêne ténue qui s'insinuait en lui. Même si son père et lui étaient réconciliés depuis qu'il avait décidé de faire carrière dans la société familiale, ils observaient toujours une certaine réserve quand ils se voyaient. Depuis qu'il connaissait Anika et qu'il avait entrouvert pour elle la porte de son passé, il réalisait aussi qu'il n'avait jamais complètement pardonné à ses parents de l'avoir délaissé après la mort de David. En réaction, il avait cadenassé ses émotions et s'était tenu à l'écart, un mécanisme de défense pour mieux se protéger.

Cela faisait plus de vingt ans qu'il se raccrochait au chagrin et à la rancœur, se dit-il en prenant une coupe de champagne sur un plateau. Saurait-il enfin lâcher prise pour Anika et pour leur enfant ? C'était une question qu'il était capable d'ignorer quand il se trouvait avec Anika. Il aimait leurs moments d'intimité, comme se réveiller auprès d'elle, et d'autres instants tout simples qui lui procuraient une joie inattendue, comme lorsqu'elle lui souriait. Mais toutes les relations commençaient bien, avant de perdre de leur attrait face aux vicissitudes de la vie.

— J'espère que la collecte de fonds de maman est un succès, dit-il pour couper court à ses réflexions désenchantées.

— Ils avaient récolté dix mille livres sterling pour la bibliothèque la dernière fois que je l'ai appelée, répondit Henry Lassard. C'était il y a une heure. Connaissant ta mère, je pense que le montant a doublé, voire triplé depuis.

Voyant le léger sourire qui flottait sur les lèvres de son père, Nicholas ne put s'empêcher de lui demander :

— Tu es heureux ?

— Heureux ? Bien sûr. Pourquoi ne le serais-je pas ?

— Simple curiosité.

— Je dirais que, dans l'ensemble, oui, nous sommes heureux.

Nicholas nota qu'il fronçait légèrement les sourcils. Qu'est-ce que son père ne lui disait pas ? Ses parents avaient-ils vraiment tourné la page ?

À cet instant, une ombre bleu turquoise se profila aux confins de son champ de vision. Il tourna la tête, et son cœur se mit à battre sourdement, tandis qu'Anika s'avançait dans la salle.

La robe moulait ses seins à la perfection, et la longue jupe s'étalait en une nuée féerique autour d'elle. Ses cheveux étaient simplement retenus par deux peignes d'argent, une coiffure qui dégageait son visage et en révélait toute la beauté.

Elle observa la salle de bal, et sa nervosité s'estompa quand elle le repéra. Le sourire qu'elle lui dédia alors était si éblouissant qu'il parut illuminer la pièce tout entière.

— Qui est-ce ?

Nicholas se tourna vers son père, dont le regard naviguait entre lui et Anika.

— Anika Pierce. La propriétaire de l'auberge du lac.

— L'auberge que tu comptes acheter ?

Nicholas acquiesça, et son père reporta son attention sur la jeune femme.

— Ne perds pas de vue ce qui est important, dit Henry Lassard d'un ton énigmatique.

Nicholas ne put s'empêcher de s'interroger. Il n'aurait jamais pensé qu'on puisse le distraire de ses objectifs professionnels. Pourtant, force lui était de reconnaître qu'une personne l'avait fait. *Et même deux*.

Comme un invité accaparait son père pour lui parler affaires, Anika s'avança vers lui.

— Tu es magnifique, lui dit-il avec sincérité.

— Merci, répondit-elle en s'empourprant. Je n'ai jamais eu une robe aussi belle.

Nicholas prit sa main et la porta à ses lèvres.

— Ta présence et ton soutien, ce soir, sont un remerciement suffisant. Je te suis reconnaissant d'être venue. J'imagine que ça n'a pas été facile pour toi.

Anika inclina la tête.

— Il y a quelques semaines, tu aurais eu raison sur ce point. Mais, plus je te connais, plus je comprends ton engagement. Et plus j'en viens à respecter ce que tu as accompli ici.

Ses paroles le touchèrent. Jamais l'avis de quelqu'un n'avait autant compté pour lui.

— Merci, Anika. Aimerais-tu danser ? Je me souviens que nous n'avons jamais terminé notre dernière danse.

Elle leva les yeux au ciel.

— Oh ! tu me parles encore de ça ?

— Que veux-tu, j'ai une réputation à tenir, dit-il avec un sourire ravageur.

Il la mena vers la piste. Les hautes fenêtres offraient un panorama incroyable. Par-delà la crête des Alpes, une dernière lueur caressait les eaux veloutées du lac, et l'île s'estompait lentement dans l'obscurité montante. C'était un cadre enchanteur, et la femme qui tournoyait entre ses bras semblait lui donner vie.

Son corps féminin et fragile était pressé contre le sien, et Nicholas avait le sentiment d'une communion intime et parfaite. Il n'avait jamais partagé ça avec une autre.

Une satisfaction immense l'envahit. Son hôtel ouvrait ses portes, et les critiques étaient déjà élogieuses. La soirée promettait d'être un énorme succès, et il dansait avec la femme qui comptait le plus dans sa vie et qui portait son enfant.

Comme ils passaient devant un pilier, il aperçut son père qui bavardait avec un couple d'un certain âge. Ses doutes resurgirent, ternissant son plaisir du moment. Qu'est-ce que son père avait voulu dire juste avant l'arrivée d'Anika ? Ses parents étaient-ils réellement heureux ou cachaient-ils quelque chose d'autre ? Il avait confié à Anika qu'après avoir connu l'enfer ils s'en étaient finalement sortis et continuaient d'avancer. Et si tout cela n'était qu'une comédie ? Et lui, serait-il capable de briser les barrières qu'il avait édifiées autour de son cœur pour être un père et un compagnon aimant ?

Sentant une légère pression sur son bras, il concentra son attention sur Anika et lui rendit son sourire. Il y avait beaucoup de questions en suspens entre eux, et ils y répondraient en temps voulu. Mais ce soir il n'y avait de place que pour la fête, la joie et un futur à imaginer.

Un futur qui, s'il acceptait de lâcher prise, pourrait bien inclure la femme sublime qu'il tenait dans ses bras.

14

Anika se renversa contre le dossier de son fauteuil de bureau et exhala un soupir. Elle se sentait épuisée. Dieu merci, les réservations ne cessaient d'augmenter, ce qui lui avait permis d'engager un homme à tout faire qui allait effectuer quelques aménagements intérieurs et des travaux de peinture. Petit à petit, l'auberge retrouverait son cachet. Les projets plus importants, comme le remplacement de tous les lits, devraient encore attendre, mais en continuant ainsi elle sauverait son affaire, et c'était une grande satisfaction.

Pour autant, depuis que sa relation avec Nicholas prenait un tour plus sérieux, elle commençait à envisager la possibilité de vendre et d'entamer un nouveau chapitre de sa vie – ou de *leur* vie, comme elle se plaisait à l'imaginer.

Pas de conclusions hâtives, se dit-elle néanmoins. Il est vrai que les semaines qui avaient suivi la nuit du bal à l'Hôtel Lassard avaient été idylliques. C'était un beau début, mais il leur restait tant de choses à décider ensemble.

Se levant, elle passa dans le petit salon de la réception. Le nouveau tapis bordeaux et crème donnait une note gaie sur le parquet sombre. Les vieilles lampes avaient été remplacées, et son homme à tout faire avait descendu quelques fauteuils du grenier. Des couvertures colorées s'empilaient sur les étagères, invitant les clients à passer un moment de détente devant le feu de cheminée.

Elle était fière du travail accompli. Et, si jamais elle vendait l'auberge à Nicholas, elle pourrait y revenir en visite avec leur enfant. Elle imaginait des promenades au bord du lac, des pique-niques sur la jetée, et son fils ou sa fille cueillant les perce-neige… Ces images l'emplissaient de joie.

Elle jeta un coup d'œil vers les fenêtres. Le lac était lisse comme un miroir. Sur l'île, les arbres étaient saupoudrés de neige, et la flèche de l'église s'élevait, toute blanche contre le ciel gris pâle. Ce tableau paisible reflétait sa propre sérénité. La vie avait beau prendre une direction différente de celle qu'elle aurait aimée, le bonheur était là, avec ses détours inattendus et ses moments inespérés. Les attentions de Nicholas lui faisaient entrevoir un avenir où il serait présent. Comme un homme impliqué dans l'éducation de son enfant, un homme qui voudrait vivre avec elle…

Se détournant, elle alla mettre une bûche dans la cheminée et s'installa dans un fauteuil. Elle était peut-être naïve de rêver, se dit-elle tout à coup. Ils n'avaient toujours pas parlé de leur relation naissante. Mais il devait forcément ressentir quelque chose pour elle, n'est-ce pas ?

Elle devait absolument avoir une conversation franche avec lui. C'était dans leur intérêt. Et tant pis si cette perspective la rendait nerveuse…

Anika cessa de réfléchir quand une sensation désagréable menaça de la submerger. Elle bondit du fauteuil et se mit à courir en direction de la salle de bains, notant au passage qu'on sonnait à la porte d'entrée.

Oh non, pas maintenant !

Elle eut à peine le temps d'atteindre les toilettes. Comme elle se soulageait, agenouillée sur le carrelage, la gorge en feu, elle sentit deux mains tièdes se poser dans son dos.

— Je suis là, Anika.

Des larmes de soulagement lui piquèrent les yeux. Elle n'était plus seule !

Quand ses vomissements cessèrent enfin, Nicholas la ramena dans le salon. Puis il s'éclipsa vers la cuisine. Il revint peu après avec un verre d'eau et une tasse de thé qu'il posa sur la table basse.

— Un moment, dit-il en souriant avant de s'éloigner de nouveau.

Cette fois, il lui rapporta une assiette de crackers et de fines tranches de fromage.

— Au cas où tu aurais besoin de te sustenter, dit-il en déposant un baiser sur son front moite.

Touchée par sa prévenance, Anika voulut le remercier. C'est à cet instant que la vérité la frappa de plein fouet. Elle était amoureuse de Nicholas ! C'était arrivé peu à peu, à partir du moment où il lui avait confié ses sombres souvenirs, voire plus tôt.

Troublée par cette découverte, elle faillit se brûler en prenant sa tasse.

— Doucement, dit Nicholas. Tu te sens toujours malade ?

— Juste la tête qui tourne. Mais je pense que ça ira maintenant.

Il prit place en face d'elle et jeta un regard autour de lui pendant qu'elle buvait son thé au citron à petites gorgées.

— Tu as apporté du changement ici. C'est charmant.

Heureuse qu'il l'ait remarqué, Anika lui sourit.

— Merci. J'ai aussi reçu les nouvelles parures de lit. Ça m'a pris un peu de temps pour les mettre en place, mais ça rend merveilleusement bien.

— Tu as fait tous les lits ? demanda-t-il en fronçant les sourcils. Je pensais que tu avais une femme de chambre.

— À mi-temps. Mais je peux me débrouiller jusqu'à ce que j'aie des rentrées d'argent. Ce qui ne devrait pas tarder, car les réservations pour le printemps sont en hausse.

Nicholas hocha la tête pensivement, comme s'il se retenait de dire quelque chose.

— Qu'y a-t-il ? demanda-t-elle, surprise.

— Content que tu sois heureuse, mais j'ai peur que tu en fasses trop. Tu te fatigues, et ce n'est pas bon dans ton état.

Anika s'efforça d'étouffer l'irritation que sa remarque suscitait en elle. Bon sang ! Elle savait parfaitement prendre soin d'elle. D'un autre côté, si elle voulait avoir cette conversation avec lui, elle ferait bien de tenir compte de son avis.

— J'apprécie que tu t'inquiètes, Nicholas. Mais j'ai beaucoup ralenti mes activités. J'ai engagé quelqu'un pour les travaux difficiles. Il y aura aussi une personne à la réception et une nouvelle femme de chambre à compter du mois de mars, quand les affaires reprendront. Comme je n'ai qu'un ou deux clients de passage en ce moment, je suis tout à fait capable de laver une paire de draps et de préparer les toasts du petit déjeuner.

Les traits de Nicholas se durcirent.

— Combien de temps vas-tu continuer à jouer à l'aubergiste ?

— Jouer à quoi ? répéta-t-elle d'un ton aigre.

— Nous devons parler de ce qui se passera après la naissance du bébé, dit-il en ignorant sa question.

— C'est juste. J'ai quelques idées à ce sujet. J'ai suffisamment de place ici pour élever un enfant et, avec le personnel supplémentaire...

— Non !

Anika se raidit instantanément. Nicholas ébaucha un geste large qui embrassait l'espace de la réception.

— Tu passes déjà de longues heures ici. Comment vas-tu t'occuper à la fois d'un enfant et d'une auberge à moitié délabrée ?

Ses paroles blessantes la transpercèrent.

— Tu viens de dire que les améliorations que j'ai apportées étaient pour le mieux, répondit-elle, sur la défensive.

— Esthétiquement, oui. Mais peu importe le nombre de meubles que tu remplaceras, tu ne peux pas gérer cet endroit toute seule, encore moins quand l'enfant sera là. Je pense qu'il est temps que tu emménages chez moi, à l'hôtel. Je vais réserver l'appartement en terrasse, qui sera à ta disposition.

— Pardon ?

— Je serai en voyage d'affaires les prochains mois. Je ne veux pas te laisser seule ici.

De nouveau, il jeta un regard autour de lui et ébaucha une moue, comme s'il pouvait à peine supporter de se trouver là. Anika sentit une poigne de fer lui enserrer le cœur. Pourquoi avait-elle cru qu'il avait changé ? Il était toujours le même play-boy arrogant, habitué à obtenir ce qu'il voulait ! Elle avait l'impression d'être revenue à ce jour d'automne quand il était entré dans son bureau, comme s'il possédait déjà les lieux, avec un contrat prêt à signer.

— Je resterai ici, lança-t-elle sur un ton de défi. Tu n'imaginais quand même pas que j'accepterais ta décision sans que tu m'en parles d'abord ? Tu n'es pas en train de conclure une de tes affaires, Nick !

Elle ressentit une brève satisfaction en voyant ses traits se contracter. Il détestait ce surnom.

Nicholas soupira en se pinçant l'arête du nez.

— Cette maison a plus de cent ans. Laisse-moi m'en occuper à ta place. Ce n'est plus le moment d'en faire une question de fierté ou de résistance contre le grand méchant loup qui veut s'approprier ton auberge. Je veux te savoir là où tu seras en sécurité.

Anika eut une hésitation. Bien sûr, il s'y prenait de la pire façon. Mais n'y avait-il pas autre chose derrière cette décision de l'installer dans son hôtel ? S'il tenait tant à les protéger, elle et le bébé, n'était-ce pas parce qu'il n'avait pas su protéger son frère ?

— Que proposes-tu ? Que je te vende ma maison ?

— C'est une option, oui.

— Celle que tu préférerais surtout !

La colère la submergeait. Évidemment, il n'était pas question de lui avouer qu'elle avait déjà envisagé cette solution.

— Si j'ai bien compris, reprit-elle, cette relation entre nous ne visait qu'à satisfaire ton caprice d'acquérir une propriété au bord du lac pour ton précieux hôtel !

— Arrête ! rétorqua-t-il en plaçant les mains sur les accoudoirs du fauteuil qu'elle occupait. Je n'ai pas couché avec toi pour que tu me cèdes ton auberge.

— Non ? Alors, tu l'as fait parce que j'étais la prochaine sur ta liste !

Furieuse et horriblement blessée, elle se leva, le forçant à reculer.

— Anika, nous savons, toi et moi, qu'il y avait beaucoup plus que du sexe entre nous cette nuit-là.

Elle croisa les bras, refusant de le regarder.

— Je ne sais plus quoi penser.

Un silence pénible s'étira, ponctué par le craquement des bûches dans la cheminée. Dire que quelques semaines plus tôt ils avaient été étendus devant un feu, la main de Nicholas posée sur son ventre.

Comme s'il devinait ses pensées, il répondit :

— Je te l'ai dit, il y a des limites à ce que je peux te donner. Et je te donne déjà tout ce que je peux.

— Ce que tu veux bien me donner, plutôt !

— Je trouve intéressant que tu me juges si durement, alors que tu n'es même pas honnête envers toi-même.

— Je te demande pardon ? dit-elle en relevant la tête.

— Tu travailles comme une forcenée, quitte à mettre ta santé et celle de notre enfant en danger. Et tout ça, pourquoi ? Que comptes-tu faire de cette bicoque ? Lui redonner sa gloire d'antan ? Je me demande comment tu vas t'y prendre.

Anika accusa le coup.

— J'y arriverai petit à petit.

— Pourquoi t'obstiner ? Pour honorer un héritage familial qu'au fond de toi tu n'es même pas sûre de vouloir préserver ?

— Si c'est tout ce que tu as retenu de ce que je t'ai confié, alors tu ne me connais absolument pas !

— Oh ! mais si, dit-il en s'avançant vers elle, les paupières plissées. Je connais ta fierté. Tu refuses d'abdiquer et d'accepter de l'aide.

— Il y a de ça, admit-elle. Et sais-tu pourquoi ? Ma mère a grandi ici, ma grand-mère s'est mariée au bord du lac. Si j'abandonne cette « bicoque », comme tu dis, je n'ai plus rien !

Dès que les mots eurent franchi ses lèvres, Anika sut qu'elle était allée trop loin.

— Rien ? reprit Nicholas, la mine sombre. Que fais-tu de moi, de notre enfant ? Tu t'accroches au passé, Anika.

— Et pas toi, peut-être ? Je ne suis pas la seule à être aux prises avec le passé.

— Tu connais mon histoire. Que me reproches-tu à la fin ? J'ai assisté à l'échographie, je t'ai apporté des cadeaux…

— Et toutes ces choses-là sont merveilleuses, Nicholas. Mais, quand je te demande comment nous appellerons le bébé, tu fuis. Je sais, tu donnes le plus possible de toi-même. Mais essayes-tu de te donner davantage ? Je ne peux pas aller de l'avant, si tu me dis que tu ne seras pas capable de t'impliquer totalement envers le bébé ou envers moi.

Il la dévisagea pendant si longtemps qu'elle se demanda s'il l'avait écoutée.

— Et si je n'ai rien d'autre à offrir ? dit-il enfin.

Oh ! mon Dieu… Sous le choc, Anika peinait à reprendre son souffle. À peine venait-elle de réaliser qu'elle était amoureuse du père de son enfant que son cœur se brisait en mille morceaux. Comment était-ce possible ?

Elle contempla le beau visage de Nicholas, ses pommettes saillantes, son nez droit, le début de barbe qui ombrait ses joues et qui l'avait tellement fascinée ce matin-là, à Kauai. Elle l'aimait comme une folle ! Mais aimer ne voulait pas dire accepter moins que ce qu'elle méritait.

Brusquement, elle se courba, transpercée de douleur. *Une crampe !*

La panique lui noua la gorge, et elle se couvrit le ventre à deux mains.

— Nicholas !

En une seconde, il fut près d'elle.

— Que se passe-t-il ?

— Le bébé... Quelque chose ne va pas avec le bébé !

15

Anika s'était endormie peu avant l'aube. Assis auprès du lit d'hôpital, Nicholas gardait sa main dans la sienne.

Les médecins avaient procédé à une série d'examens sans trouver quoi que ce soit d'anormal. Les crampes étaient simplement dues au stress, avaient-ils conclu.

Seul avec lui-même, Nicholas luttait contre les souvenirs pénibles que ce lieu lui évoquait. Chaque fois qu'un médecin entrait, il se raidissait, s'attendant à ce qu'on lui annonce le pire. Pour le bien d'Anika, il essayait de n'en rien laisser paraître. Il n'empêche que, cette fois encore, il se sentait horriblement coupable de ce qui était arrivé.

La veille, il avait eu hâte de la retrouver après un voyage d'affaires en Grèce. En la voyant si malade, il avait eu peur que sa grossesse ne tourne mal et lui avait reproché de travailler trop. Il s'était senti mal à l'aise aussi, parce que Anika était terrée dans cette maison délabrée pendant qu'il dormait dans un lit luxueux. S'il y avait une chose qu'il pouvait offrir sans réserve, c'était bien sa fortune. Or, à part quelques cadeaux symboliques, il ne lui avait rien donné.

En lui demandant d'emménager chez lui, il n'avait pensé qu'à son bien-être. Pourtant, elle n'avait rien voulu savoir et avait réitéré ses accusations. Cela l'avait mis hors de lui, même si elle avait eu raison.

Il se passa une main sur le visage et laissa échapper un soupir. Il avait vraiment essayé pourtant ! Il avait voulu s'impliquer comme elle le désirait, faire sauter ce maudit verrou qu'il maintenait sur ses émotions et lâcher prise enfin. En vain.

Même si ses sentiments envers elle avaient évolué, il ne pouvait pas éprouver ce qu'elle commençait probablement à ressentir pour lui.

C'était cruel, pensa-t-il douloureusement en contemplant son visage endormi, ses longs cils bruns au bord de ses joues pâles, la courbe sensuelle de ses lèvres. Dans son sommeil, elle avait placé son autre main sur son ventre en un geste protecteur.

Une vague de tendresse et de nostalgie monta en lui. Au château de Bled, quand elle l'avait écouté vider son cœur avec tant de bienveillance, il avait ressenti un espoir prudent, quelque chose de plus profond que le désir charnel. Puis il l'avait aidée à réparer sa terrasse, et le regard dont elle l'avait gratifié l'avait touché jusqu'à l'âme. Quand ils avaient fait l'amour, juste après l'échographie, et qu'il avait posé une main sur son ventre, l'émerveillement l'avait saisi… Le temps qu'il passait en sa compagnie était si bon qu'il s'était mis à réfléchir à l'avenir, se demandant s'il était capable de changer finalement, s'ils pourraient aller plus loin ensemble.

Puis il était passé la voir à l'auberge et il avait tout gâché. En lui faisant cette scène horrible, il avait prouvé à Anika en même temps qu'à lui-même qu'il n'était pas taillé pour ce rôle-là et qu'il ne ferait que les blesser tous les deux. Ses sentiments pour elle allaient au-delà de la simple attirance, mais Anika voulait plus.

Non, elle *méritait* plus. Et leur enfant aussi.

Sa poitrine se serra, comme prise dans un étau. La meilleure chose qu'il puisse faire, c'était de partir. Tôt ou tard, un autre homme prendrait sa place dans la vie d'Anika. Cette pensée lui donnait envie de jeter quelque chose contre le mur.

À cet instant, elle ouvrit les yeux.

— Nicholas…

— Je suis là, dit-il en lui pressant les doigts.

— Le médecin est revenu ?

— Non, mais une infirmière est passée. Les examens montrent que tout est normal. Le bébé va bien.

En voyant des larmes perler au bord de ses yeux ambrés, il se sentit déchiré.

— Merci d'être resté.

— Oh ! il n'y a pas de quoi.

Comme elle écarquillait les yeux d'un air surpris, il se maudit d'avoir parlé si sèchement. Il prit une profonde inspiration, sachant que le moment était venu de lui annoncer sa décision.

— Je m'en vais, Anika. Dès que tu seras de retour à l'auberge, puisque c'est ce que tu veux, je partirai pour Londres.

L'expression de tristesse qui se peignit sur ses traits lui fit mal. Il aurait voulu la ramener à son hôtel, l'installer sur le lit pour qu'elle se repose et se coucher auprès d'elle.

— Tu seras absent combien de temps ?

— Plusieurs mois, au moins.

— Des mois ? s'exclama-t-elle, alarmée.

— J'ai réfléchi à ce que tu m'as dit. Toi et le bébé, vous méritez quelqu'un qui saura prendre soin de vous. Quelqu'un capable de ressentir les émotions sans réserve. Je ne suis pas ce genre d'homme.

Anika se mit à pâlir affreusement.

— Qu'est-ce que tu dis ?

— Je veux toujours être impliqué dans la vie du bébé, mais en gardant mes distances, expliqua-t-il avec difficulté. Ton plus grand rêve est d'avoir une famille, n'est-ce pas ? Mais celle que tu aurais avec moi ne te rendrait pas heureuse. Tu te demanderais sans cesse si je ne préférerais pas être ailleurs, si tout ça n'est pas ta faute.

Il vit ses jolis traits se crisper. À présent, son expression ressemblait étrangement à de la pitié.

— Ça vient de toi ou ça concerne ce qui s'est produit avec tes parents après la mort de ton frère ?

— Le passé y est pour une grande part, c'est vrai. Mais c'est ce qui a fait de moi ce que je suis. Je me souviens de l'ambiance délétère qui régnait à la maison et je me demandais quelle place j'occupais pour eux. Je ne veux pas te faire subir ça et je ne placerai jamais un enfant innocent dans une telle situation parce que je ne peux pas guérir de mon passé.

Elle ouvrit la bouche, mais il se leva avant qu'elle puisse s'exprimer et avant d'être tenté de rester.

— J'ai pris ma décision, Anika. Je resterai en contact pour les questions financières et le droit de visite.

— Je comprends, dit-elle très bas.

Ce serait tellement plus facile si elle ne comprenait pas, si elle se mettait en colère et se donnait en spectacle dans un grand flot de larmes, à l'instar des femmes qui étaient passées dans sa vie. Mais ce n'était pas le genre d'Anika. Elle se souciait trop des autres, et même de lui, pour s'adonner à de telles démonstrations. C'était l'une des qualités qu'il aimait chez elle.

Une vague de regret l'assaillit. Il regrettait de ne pas l'avoir touchée davantage, de ne pas avoir murmuré des paroles douces contre son ventre, de ne pas avoir eu le courage d'avoir cette conversation au sujet des prénoms et de la couleur de la chambre d'enfant.

— Je comprends que c'est pour le mieux, reprit-elle. Le bébé et moi, nous avons besoin de quelqu'un qui sera présent physiquement et émotionnellement. J'aurais aimé... que ce soit toi.

S'il pensait être incapable de souffrir davantage, il se trompait. Le chagrin plantait ses serres acérées dans sa peau et dans son cœur.

Mais Anika n'avait pas fini de parler.

— J'ai vraiment aimé ce rapprochement entre nous ces derniers mois, dit-elle avec un petit sourire triste. Tu es tellement mieux que tout ce que j'avais d'abord cru de toi.

— Toi aussi, tu es une belle personne, Anika. Notre... Le bébé aura beaucoup de chance d'avoir une mère telle que toi. Si ça te convient, j'aimerais voir les photos des prochaines échographies et recevoir un texto de temps en temps pour savoir comment tu vas.

Elle répondit d'un bref hochement de tête.

Nicholas n'aurait su dire combien de temps il resta là, à contempler son visage comme pour en mémoriser chaque trait.

Puis il se détourna et sortit de la chambre.

16

Nicholas contempla le document. Ce contrat qu'il convoitait depuis plus d'un an était là, dûment signé. Même si son rêve d'extension devenait réalité, il ne ressentait ni enthousiasme ni satisfaction. Juste une sensation de vide et l'impression d'avoir perdu quelque chose d'infiniment précieux.

Son séjour à Londres avait duré deux semaines en tout. Il était allé évaluer le chantier d'un hôtel au nord de la capitale et en avait profité pour visiter plusieurs autres sites. Mais, tout au long de ses déplacements, il avait été nerveux et impatient de rentrer à Bled où il commençait à se sentir chez lui. Pourtant, à son retour, quand il avait remonté l'allée de l'Hôtel Lassard, il n'avait éprouvé qu'une déception froide et amère.

Ce n'était pas tant cet endroit qui lui avait manqué que la femme qui vivait sur les bords du lac et qu'il désirait de toutes les fibres de son corps.

Avec le temps, ça passera, se dit-il. Il finirait par retrouver la satisfaction que le travail lui procurait.

— Monsieur ?

Levant les yeux, Nicholas vit sa secrétaire sur le seuil du bureau.

— Oui ?

— Il y a une dame qui désire vous voir.

Son cœur se mit à battre la chamade. Il traversa la pièce en s'efforçant d'adopter une démarche décontractée.

— Mon chéri !

Helen Lassard s'avança vers lui, un large sourire aux lèvres. Mais son expression se dissipa, dès qu'elle l'eut dévisagé.

— Oh ! désolée. J'arrive à un mauvais moment ?

Nicholas lui sourit brièvement.

— Mais non, j'ai seulement beaucoup de choses en tête. Je suis très heureux de te voir, maman.

Il la serra contre lui. Sa mère semblait en pleine forme. Elle avait une coupe de cheveux élégante, et son air fragile avait disparu. Quelques rides supplémentaires au coin des yeux et autour des lèvres peut-être… « Les lignes du sourire », comme elle disait depuis peu.

— Ton père n'arrête pas de me parler de l'Hôtel Lassard de Bled, déclara-t-elle. Je tenais absolument à venir voir ta réussite.

Nicholas la guida à travers l'hôtel, lui montrant le spa avec sa grotte inspirée des thermes romains et le restaurant avec vue sur le lac. Sa mère ne cessait de le complimenter.

— Et ton projet d'extension ? demanda-t-elle comme ils sortaient dans l'air froid du dehors. La dernière fois que nous avons parlé, tu voulais acquérir une propriété. Tu étais très enthousiaste à ce sujet.

— J'ai reçu le contrat ce matin.

Sa mère le regarda avec attention.

— Ça n'a pas l'air de te rendre très heureux.

Nicholas esquissa un sourire forcé.

— Juste un peu de fatigue. Les voyages, l'inauguration, et maintenant ce contrat… Même si c'est une très bonne nouvelle, ça représente une charge de travail supplémentaire de finaliser cet achat avant l'été.

Que sa mère le croie ou non, ce n'était pas important. En cet instant, il n'avait qu'une envie : monter dans sa voiture et rouler le plus longtemps possible, pour ne plus apercevoir vers l'ouest la girouette qui coiffait la tourelle de l'auberge Zvonček.

Il emmena sa mère voir la ville. Ils flânèrent le long de Cesta Svoborde, l'artère commerçante, et s'arrêtèrent dans un café au bord du lac pour déjeuner.

— Oh ! ce château ! lança Helen. As-tu eu l'occasion de le visiter ?

— Une fois. La vue d'en haut est incroyable.

— Aurais-tu le temps d'y accompagner ta mère ?

Il aurait préféré se rendre ailleurs, n'importe où, au lieu de retourner à l'endroit où il s'était confié à Anika et où ils avaient failli s'embrasser. Mais il devait s'habituer à revoir ces sites et faire en sorte que les souvenirs ne viennent plus le hanter. Tôt ou tard, il rencontrerait aussi Anika, si elle décidait de rester à Bled après la vente de l'auberge.

Ils empruntèrent la route sinueuse, et Helen le mit au courant des dernières nouvelles des uns et des autres.

— Le fils de Linda s'est marié récemment, dit-elle comme il garait l'Audi à proximité du château.

— Armand ? Je n'aurais jamais pensé qu'il était pour le mariage.

— Moi non plus. Mais il est très heureux. C'est fou à quel point le fait de rencontrer la bonne personne peut changer votre vision de l'avenir.

Nicholas lui coula un regard furtif. Son père lui avait-il parlé d'Anika ? Ses parents avaient-ils découvert d'une façon ou d'une autre qu'elle était enceinte ? Il en doutait. Si elle avait eu la moindre idée de ce qu'il traversait, sa mère lui en aurait déjà touché un mot.

Ils déambulèrent à travers le château et débouchèrent sur la plate-forme supérieure. Nicholas s'avança vers le parapet et, posant les mains sur la pierre froide, dirigea le regard vers l'auberge sur la rive opposée du lac.

— Alors, c'est ça ? demanda Helen en le rejoignant. La propriété que tu viens d'acheter ?

Il hocha la tête.

— Bon, assez joué maintenant, Nicholas.

Il se tourna vers sa mère, surpris par la fermeté dans sa voix.

— Qu'y a-t-il ?

— Ça, je ne sais pas. À toi de me le dire. Quelque chose te tracasse depuis que je suis arrivée. On dirait que tu viens de perdre ton meilleur ami.

Presque, pensa-t-il. Anika représentait tout ce qu'il espérait trouver chez une femme. La gentillesse, le soutien, la fougue, la force...

— Oui, j'ai perdu quelqu'un, avoua-t-il. Quelqu'un qui m'est très cher.

Le regard de sa mère s'emplit de compassion. Doucement, elle posa une main sur son bras.

— Souhaites-tu m'en parler ?

— Ce n'est pas une belle histoire, tu sais. J'ai commis beaucoup d'erreurs.

— Les histoires qui commencent mal peuvent déboucher sur le bonheur plus tard. J'ai pris conscience de ça au fil des ans.

Nicholas prit une profonde inspiration, puis il se lança. Il parla d'Anika, de leurs fréquentes prises de bec du début, de leurs retrouvailles à Hawaï. Cependant, il se retint d'annoncer à sa mère qu'elle serait grand-mère l'été suivant. Le moment était mal choisi pour lui apprendre une telle nouvelle. Puis il raconta comment Anika et lui en étaient venus à se disputer et reconnut qu'il l'avait blessée.

— C'est elle qui a rompu ? s'enquit Helen avec empathie.

— Non, mais je ne sais pas vraiment ce qu'elle veut. Je me demande si elle le sait elle-même. À Hawaï, j'ai découvert une autre Anika. Ici, à Bled, elle était renfermée sur elle-même, occupée à affronter une montagne de problèmes. Mais là-bas c'était comme si elle s'ouvrait à la vie.

Un sourire doux flotta sur les lèvres de Helen.

— Tu l'aimes, Nicholas.

— Quoi ?

— Tu l'aimes, voyons.

Ces mots se mirent à tourbillonner dans son esprit, avant de prendre possession de son cœur, telle une révélation lumineuse qui le laissa hébété.

— Oui, admit-il. Mais comment puis-je rester auprès d'elle sachant que je ne pourrai jamais l'aimer totalement et sans réserve ?

Ce fut au tour de sa mère d'avoir l'air surprise.

— De quoi parles-tu ?

— Je ne peux pas être l'homme dont elle a besoin. Après David...

Voyant les traits de sa mère se crisper, il ajouta très vite :

— Je te demande pardon. Je n'aurais pas dû évoquer ça.

— Au contraire, dit Helen, le souffle court. Pendant combien d'années t'ai-je empêché d'exprimer ton chagrin ? J'étais si concentrée sur ma douleur que j'en ai oublié d'être une mère. Parce que c'est de ça qu'il s'agit, n'est-ce pas ? Si jamais un malheur arrivait, tu crains que rien ne soit plus pareil. Tu as peur de revivre ce que ton père et moi avons traversé, toutes ces années à nous tenir éloignés l'un de l'autre, à être malheureux.

— Oui. Nous étions heureux ensemble avant la disparition de David. Ensuite, c'était impossible, et encore maintenant...

— Nous sommes heureux, ton père et moi.

— C'est vrai ou c'est juste une réplique que tu récites pour ton bien et celui des autres ?

Nicholas regretta immédiatement ces mots durs. Mais sa mère ne parut pas s'en offusquer.

— C'est la vérité. Bien sûr, il y a des moments difficiles. On ne survit pas à un tel drame sans que la douleur surgisse à l'improviste et tente de vous anéantir. Nous aurions dû accepter d'être aidés. Nous avons failli en tant que parents et en tant qu'adultes. Ça ne veut pas dire que vous réagiriez de la même façon, Anika et toi, si vous aviez à affronter une telle épreuve. Ne te prive pas d'une vie heureuse avec celle que tu aimes à cause de mes erreurs. Je t'en prie, ne fais pas ça, dit-elle, les yeux brillant de larmes.

Bouleversé par ses aveux, Nicholas était incapable de répondre.

— Je me doutais que tu gardais tes distances avec ton père et moi, reprit-elle. Non que je t'en veuille. Il y a longtemps que j'aurais dû te parler. Mais je me disais que je m'en faisais trop, que tu refuserais de nous voir si tu souffrais à cause de nous. Je suis sincèrement désolée, Nicholas. Pour tout. Ne laisse surtout pas le passé gâcher ce que tu pourrais vivre avec cette jeune femme. C'est insensé de ne pas t'autoriser à l'aimer de toute ton âme, comme je pense que c'est le cas.

— Oui, c'est le cas, admit-il en reportant le regard vers l'auberge qui brillait comme un joyau. Mais ce n'est pas tout. J'ai déjà commis tant d'erreurs que je ne sais pas si elle pourrait me faire confiance. Il faut toujours que je lui dise ce que je pense être le mieux.

— Une attitude qui vient de ce que tu as vécu avec ton père et moi. Petit, tu cherchais à arranger les choses. D'après ce que tu me dis d'Anika, elle semble être une femme remarquable qui mérite qu'on se batte pour elle. Qu'elle tienne seule une auberge après tant d'épreuves, cela en dit long sur sa force de caractère.

Un élan de fierté submergea Nicholas. Sa mère avait raison. Ce qu'Anika avait accompli jusque-là était admirable. Il devait absolument la voir et s'expliquer avec elle.

— Et si elle n'accepte pas mes excuses ? dit-il comme pour lui-même.

— Ne brûle pas les étapes. Ce sera peut-être difficile pour elle, mais elle semble capable de pardonner. À toi de lui laisser le choix.

Nicholas redressa les épaules. Une détermination nouvelle fusait dans ses veines.

— Je lui ai dit un jour que je ne perdais jamais. Je ne vais pas commencer aujourd'hui.

17

Anika traversa le salon, saluant au passage un couple de clients installés devant la cheminée. Lori, la femme de chambre, leur servait le thé.

Tout se déroulait au mieux, pensa-t-elle avec satisfaction. Mais il lui restait à informer le personnel que l'Hôtel Lassard reprenait l'auberge. Elle avait exigé des repreneurs que ses employés conservent leur poste et reçoivent chacun une belle augmentation. Elle espérait ainsi apaiser leurs craintes.

C'était bizarre, se dit-elle en se rendant dans l'arrière-cuisine. Elle s'attendait à être plus triste après avoir apposé sa signature sur le contrat. En fait, elle ressentait surtout du soulagement. Bien sûr, il y aurait de la tristesse, car elle avait aimé gérer l'auberge à la façon de Marija.

Elle étouffa un bâillement. Elle se sentait de plus en plus fatiguée. Mais la nuit, comme elle tentait de s'endormir, ses pensées se mettaient à bouillonner dans son esprit. Elle n'avait pas été suffisamment patiente avec Nicholas et elle l'avait blessé. Peut-être qu'avec du temps ils auraient pu vivre une belle relation. Devait-elle le contacter ? Et s'il avait définitivement tiré un trait sur leur histoire ?

Cette pensée lui noua la gorge. Eh bien, si c'était le cas, elle tournerait la page et s'efforcerait d'aller de l'avant. Peut-être irait-elle vivre ailleurs avec son bébé. Elle pourrait trouver un emploi dans le marketing ou le tourisme, avec des horaires réguliers qui lui permettraient de s'occuper de son petit ? Et quand il ou elle grandirait, elle l'emmènerait faire ces voyages dont elle rêvait...

Garde ces idées pour un autre moment.

Dans l'immédiat, elle devait attendre que les avocats de l'Hôtel Lassard la contactent pour finaliser la vente. Car elle avait décidé de traiter avec eux, même si elle était bien consciente qu'elle aurait préféré s'adresser à Nicholas et lui expliquer pourquoi elle consentait à lui céder sa propriété.

Leur dernière conversation, aussi douloureuse qu'elle ait été, lui avait ouvert les yeux. Il avait raison, elle s'accrochait à l'auberge comme une désespérée, et il était temps pour elle de lâcher prise. Cette maison représentait le rêve de Marija, pas le sien. Elle était ridicule de rester attachée à cet endroit par loyauté, d'autant plus que sa grand-mère l'avait toujours encouragée à suivre ses propres aspirations.

Elle avait donc ravalé sa fierté pour placer l'auberge entre les mains compétentes de Nicholas. La décision la plus difficile qu'elle ait eu à prendre de toute sa vie ! Mais, encore une fois, c'était pour le mieux.

À force de ruminer, Anika se sentait à cran. Sur une impulsion, elle enfila ses bottes et son manteau et sortit prendre l'air.

La neige crissait sous ses pas, tandis qu'elle se dirigeait vers la jetée. Des volutes de vapeur montaient du lac, créant à la surface une sorte de brouillard mystique, et le soleil pâle qui éclairait cette blancheur lui fit cligner les yeux.

Brusquement, l'émotion la saisit, et elle lutta pour retenir ses larmes. Une semaine avant l'inauguration de l'hôtel, Nicholas avait suggéré qu'ils se rendent sur l'île. Mais, l'ouvrier devant passer à l'auberge ce jour-là, elle avait décliné l'invitation. « Une prochaine fois », avait-elle répondu.

Anika soupira en contemplant le ciel d'un bleu pur. Où en

seraient-ils maintenant ? Quel couple formeraient-ils, s'il avait pu se détacher de son passé, si elle n'avait pas été si têtue ?

En entendant la neige crisser derrière elle, elle se raidit, irritée qu'un client vienne troubler sa solitude. Vivement, elle essuya ses joues humides et se retourna.

Sous le choc, elle eut l'impression que son cœur s'arrêtait de battre. Car l'objet de ses pensées se tenait à quelques pas, vêtu de son beau manteau noir, son écharpe rouge enroulée autour du cou. À Kauai aussi, il avait été habillé tout en noir, le soir où ils avaient dansé ensemble, et elle l'avait comparé à un démon, voire au diable lui-même. Mais, à présent, Nicholas la faisait penser à un ange déchu.

— Sorcha.

Anika tomba des nues. Elle ne s'attendait certainement pas à ce qu'il lui adresse une parole aussi étrange.

— Sorcha ? répéta-t-elle avec perplexité.

Nicholas fit un pas dans sa direction, avec prudence, comme s'il craignait qu'elle ne prenne la fuite.

— Ça veut dire « lumineux ». C'est un prénom écossais.

Un espoir ténu monta en elle, comme une flamme vacillante.

— Il faut que j'y réfléchisse, mais j'aime assez.

— Et Geoffrey pour un garçon, reprit-il en se rapprochant. Geoffrey David Lassard.

Anika lutta contre le nœud qui lui bloquait soudain la gorge.

— Pour celui-là, je n'ai aucune hésitation. Il est parfait.

Nicholas était tout proche, à présent. Il tendit une main et la posa sur sa joue, avec une telle tendresse qu'elle faillit fondre en larmes.

— Je n'arrive plus à dormir, Anika. Je ne fais que penser à toi... et à notre enfant, murmura-t-il en amenant son autre main vers son ventre. J'ai été tellement stupide...

Se hissant sur la pointe des pieds, elle jeta les bras autour de son cou. Il l'enlaça avec fougue, avant de s'immobiliser et de desserrer son étreinte.

— Le bébé… ?

— Il va très bien. Ne me lâche pas, Nicholas. Je t'en prie, serre-moi encore.

Alors, glissant ses doigts gantés dans ses cheveux, il plaqua un baiser sur ses lèvres. Anika y répondit avec toute la passion et tout l'amour dont elle était capable.

— Tu m'as manqué, murmura-t-elle contre sa bouche.

— Toi aussi.

Il releva la tête tout en la gardant contre lui.

— Je suis terrifié, Anika. Au début, je voulais tout faire pour m'impliquer auprès de notre enfant. Mais, chaque fois que j'essayais de ressentir cette joie absolue que j'ai vue sur ton visage, c'était comme si j'étais face à une muraille infranchissable. Je me suis persuadé que j'étais incapable d'aimer. En fait, c'était de la peur. Ça, et des années de colère et de ressentiment que je gardais enfouis.

Anika eut mal pour lui. Elle aussi avait connu le deuil, mais ses parents et sa grand-mère l'avaient aimée. Elle n'avait jamais eu le moindre doute là-dessus.

— C'était la faute de tes parents, Nicholas. Pas la tienne.

Il sourit brièvement.

— Ma mère m'a dit la même chose.

— Ta mère ?

— Oui, elle est venue me voir ici. Pour la première fois, nous avons eu une vraie conversation sur ce qui s'est passé après la mort de David. C'était triste, mais salutaire aussi, même s'il faudra encore un certain temps avant que notre relation s'apaise. J'ai toujours pensé que j'étais le seul à sortir indemne de ce drame. Mais, en me réfugiant dans les études, le sport, le travail, je n'ai pas fait mieux qu'eux.

— Tu étais un enfant, lui rappela-t-elle en écartant les

mèches qui barraient son front. On n'aurait jamais dû te laisser affronter ça tout seul.

— C'est vrai. Mais en tant qu'adulte je peux agir différemment. Et ça commence par te présenter des excuses. Je suis désolé de m'être éloigné de toi et de notre enfant. Et pardon d'avoir insisté pour obtenir ce que je voulais, de ne pas avoir compris pourquoi tu étais si attachée à ton auberge.

— Je m'y accrochais pour de mauvaises raisons, et tu as bien fait de m'ouvrir les yeux. J'étais tellement concentrée sur ce que j'allais perdre que je ne voyais pas toutes les belles opportunités qui s'offraient à moi. Mais j'avoue que c'était très satisfaisant de te dire non, ajouta-t-elle d'un ton malicieux.

Nicholas sourit.

— J'espère que ta réponse à ma prochaine question sera différente.

Sur ce, il mit un genou à terre malgré la neige et sortit un petit écrin noir de la poche de son manteau. Il l'ouvrit, révélant une magnifique bague dont les griffes d'argent enserraient un fabuleux saphir.

— Je t'aime, Anika. Je ne pensais jamais pouvoir aimer à ce point. Il y aura sans doute des jours où je me questionnerai encore, mais je m'efforcerai d'être le genre d'homme que tu mérites.

Bouleversée, Anika contempla le visage séduisant de celui qu'elle aimait.

— Ma réponse est oui, dit-elle d'une voix étouffée.

Nicholas se releva et, lui retirant son gant, glissa la bague à son annulaire.

— Le saphir me rappelle la couleur de l'océan à Hawaï, quand tu as plongé de la jetée, telle une sirène. Je me souviens aussi de la tempête que nous avons admirée depuis le balcon. Je te désirais avant déjà, comme je n'ai jamais désiré aucune autre femme. Mais c'est au moment où tu m'as pris la main pendant la plongée que j'ai commencé à tomber amoureux de toi.

— C'est drôle, parce que c'est peu après ce jour-là que j'ai senti que je craquais pour toi, déclara-t-elle en lui caressant la joue. Ça date de la soirée où nous avons dansé ensemble, quand nous nous sommes parlé dans le noir. J'ai compris que tu étais tellement plus qu'un play-boy fortuné au sourire arrogant. Et, quand tu as dit que j'étais quelqu'un d'exceptionnel, j'ai su que j'étais perdue.

Nicholas l'embrassa de nouveau, puis il sortit une enveloppe de sa poche et la lui tendit.

— J'espérais t'offrir ceci en cadeau de mariage.

Anika la prit, surprise de la trouver si lourde. À l'intérieur, elle découvrit une série de petites cartes colorées.

— Au lieu que l'Hôtel Lassard achète l'auberge, j'aimerais t'aider à la rénover, expliqua-t-il. Pour qu'elle retrouve son charme d'autrefois.

— Oh ! Nicholas... Les mots me manquent.

L'espace d'un instant, elle visualisa la vieille maison fraîchement repeinte, avec une toiture neuve, une colonnade pimpante. Puis elle laissa l'image s'évanouir.

— Mais je ne suis plus la personne qu'il faut pour la diriger, reprit-elle. Le cœur n'y est plus. J'ai envie de voyager et, plus important, je veux être là pour toi et notre enfant.

Par-dessus l'épaule de Nicholas, elle jeta un coup d'œil à la bâtisse. C'était douloureux de s'en défaire, mais au milieu de sa tristesse elle ressentait une pointe d'excitation. Parce que c'était un nouveau départ pour eux deux, une chance de tourner la page.

Nicholas regarda dans la même direction.

— J'avais prévu de me fixer à Bled. Ça te plairait de vivre ici et de voyager avec moi pour mes affaires ?

Anika ébaucha un sourire heureux.

— Oh oui ! Comme ma mère, j'ai le goût des voyages. Et, comme Marija, j'aime l'idée d'avoir un endroit vers lequel on revient. Bled est ma ville depuis si longtemps. Le fait de savoir que nous pourrons y revenir rendra les escapades encore plus excitantes.

— Et nous pourrions séjourner à l'auberge au moins deux fois par an, pour le contrôle qualité.

— Avec plaisir !

— Je t'aime, Anika, déclara-t-il d'un ton solennel cette fois. Je ne sais pas à quoi les prochains mois ressembleront, mais tout ce que je veux, c'est être près de toi.

Elle prit son visage entre ses mains.

— Je sais, mon amour. Et j'ai le sentiment que ce sera notre plus belle aventure.

Épilogue

Parée de magnifiques feuillages rouge orangé, l'île scintillait sous le soleil automnal. Quand la traversée prit fin, Nicholas sauta sur le ponton et se tourna vers la jeune femme restée assise dans la gondole.

— Êtes-vous prête, madame Lassard ?

Anika était radieuse. Sa belle chevelure noire se déversait en boucles souples sur son dos. La robe ivoire qu'elle avait choisie pour leur mariage lui dénudait les épaules, donnant une touche de sensualité à ce fourreau chic qui s'évasait très bas en une cascade de soie.

Il lui tendit la main et sentit un désir brûlant et possessif le parcourir à la vue de l'anneau d'argent qui brillait à son doigt. Une heure plus tôt, ils avaient échangé leurs vœux dans la cour du château de Bled, en présence de ses parents et de quelques amis proches.

Et de leur fille ! se dit-il avec fierté. Dans sa petite robe blanche qui rehaussait l'éclat brun doré de ses yeux, Sorcha avait observé la cérémonie qui unissait ses parents.

Nicholas n'en revenait pas de tous les changements qui étaient intervenus dans sa vie depuis un an. L'auberge, rénovée et rebaptisée « Manoir Zvonček », était devenue la propriété de l'Hôtel Lassard. Elle accueillerait ses premiers clients au printemps et affichait déjà complet sur la première année.

Quelques mois plus tôt, Anika et lui avaient visité une jolie maison nichée dans la montagne qui offrait une jolie vue sur le lac. Anika avait tellement aimé l'endroit qu'il avait aussitôt appelé l'agent immobilier pour conclure l'affaire. La chambre d'enfant venait d'être repeinte quand Anika était entrée en travail avec un mois d'avance. La première fois qu'il avait tenu la petite fille dans ses bras, Nicholas avait été saisi d'émerveillement. Il avait failli paniquer aussi. Le bébé était si vulnérable, si dépendant. Mais il tenait sa promesse d'être un bon père et n'avait aucune hésitation quand il s'agissait de bercer Sorcha qui hurlait à minuit ou de lui faire prendre son bain.

Anika le rejoignit sur le ponton. Nicholas l'enlaça avec fougue. Jamais il ne se lasserait de ce désir fou de l'aimer. Elle lui avait laissé le temps de s'adapter, lui apportant son amour et son soutien pendant les premières semaines chaotiques de leur vie de parents.

— Tu es sûr de pouvoir faire ça ? demanda-t-elle en jetant un regard au grand escalier qui montait en pente raide.

— Je vais essayer de ne pas considérer ça comme une insulte, répondit-il en feignant d'être vexé.

— Idiot ! dit-elle en riant. Il y a quand même quatre-vingt-dix-neuf marches.

— Tu as confiance en moi ?

— Toujours.

— Dans ce cas, madame Lassard, en avant, lança-t-il en la soulevant dans ses bras. Et jusqu'en haut.

Anika lâcha un petit cri de surprise et se cramponna à son cou.

Nicholas la porta jusqu'au sommet. Puis, main dans la main, ils entrèrent dans l'église. L'intérieur était très beau, découvrit-il. Il y avait des bancs rustiques et des tableaux dans leur cadre doré sur les murs blancs.

Anika s'approcha de la corde qui pendait du plafond et qui était reliée à la fameuse « cloche de vœux ».

— Prêt ? s'enquit-elle en souriant.

Ensemble, ils empoignèrent la corde. La cloche retentit, émettant un son ample qui se répercuta sous la voûte.

— C'est incroyable ! s'écria-t-il.

Puis s'approchant d'Anika, il la souleva de nouveau dans ses bras.

— Tu n'as pas besoin de me porter jusqu'en bas, dit-elle en riant. La légende dit qu'il faut juste arriver au sommet.

— Je sais. Mais je n'ai pas envie de te lâcher.

— Je comprends pourquoi toutes les femmes succombaient à ton charme, murmura-t-elle, amusée.

— Vous êtes la seule qui compte, madame Lassard.

Là-dessus, il gagna le parvis ensoleillé et entama la descente de l'escalier.

Dans l'intervalle, la gondole qui transportait ses parents et Sorcha avait accosté. Son père berçait la petite fille, lui montrant différents points de vue autour du lac, et la joie rayonnait dans les yeux de sa mère.

— Tu es monté tout en haut ? demanda Helen.

Anika répondit à sa place, en l'embrassant sur la joue.

— Oui, il l'a fait.

— Impressionnant, fiston ! commenta son père en souriant.

C'était incroyable de voir ses parents aussi heureux, pensa Nicholas. Après avoir appris qu'ils auraient non seulement une belle-fille mais aussi une petite-fille, ils avaient commencé à faire de fréquents voyages à Bled.

Il prit Sorcha dans ses bras. Comme elle se recroquevillait contre lui en ébauchant une petite moue adorable, il sentit son cœur se gonfler de tendresse.

— Nous avons la *pletna* pour une heure encore, dit Henry. Elle nous ramènera au château.

— Ça nous laisse du temps avant la réception de ce soir, ajouta Helen.

— Profitez-en pour visiter l'île.

Suivant ce conseil, Henry et Helen se dirigèrent vers l'escalier, main dans la main. Tout en berçant sa fille contre son épaule, Nicholas se rapprocha de sa femme.

— Nous sommes obligés d'aller à cette réception de deux cents personnes ? murmura-t-il, avant de déposer un baiser léger sur son cou.

— C'est quand même notre repas de mariage.

— Mais, si nous partons tôt, nous pourrons...

— Chut ! Des oreilles innocentes écoutent, l'interrompit Anika en riant.

— Très bien. Mais tu me dois au moins une danse.

— Je t'aime tellement que je t'en accorderai deux, dit-elle en lui entourant la taille. À propos, quel vœu as-tu fait ?

— Si je te le dis, il risque de ne pas se réaliser.

Anika grimaça en fronçant le nez.

— Je suppose que c'est vrai.

— Mais cela n'a pas d'importance, parce que je n'en ai fait aucun.

— Aucun ? répéta-t-elle, visiblement déçue.

— Ma chérie, je n'en avais pas besoin, puisque tu me donnes déjà tout le bonheur que j'espérais, répondit Nicholas avant de l'embrasser.